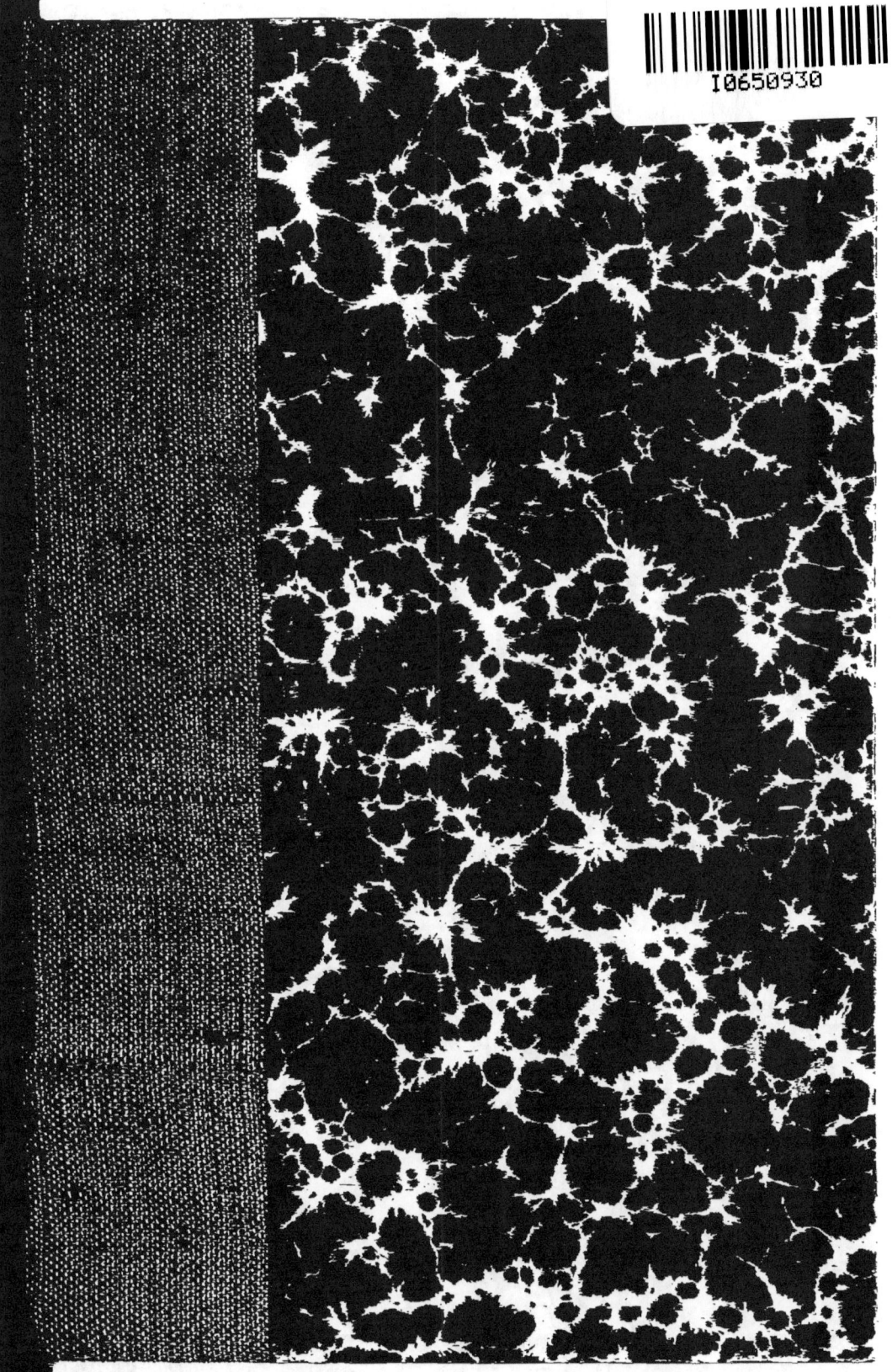

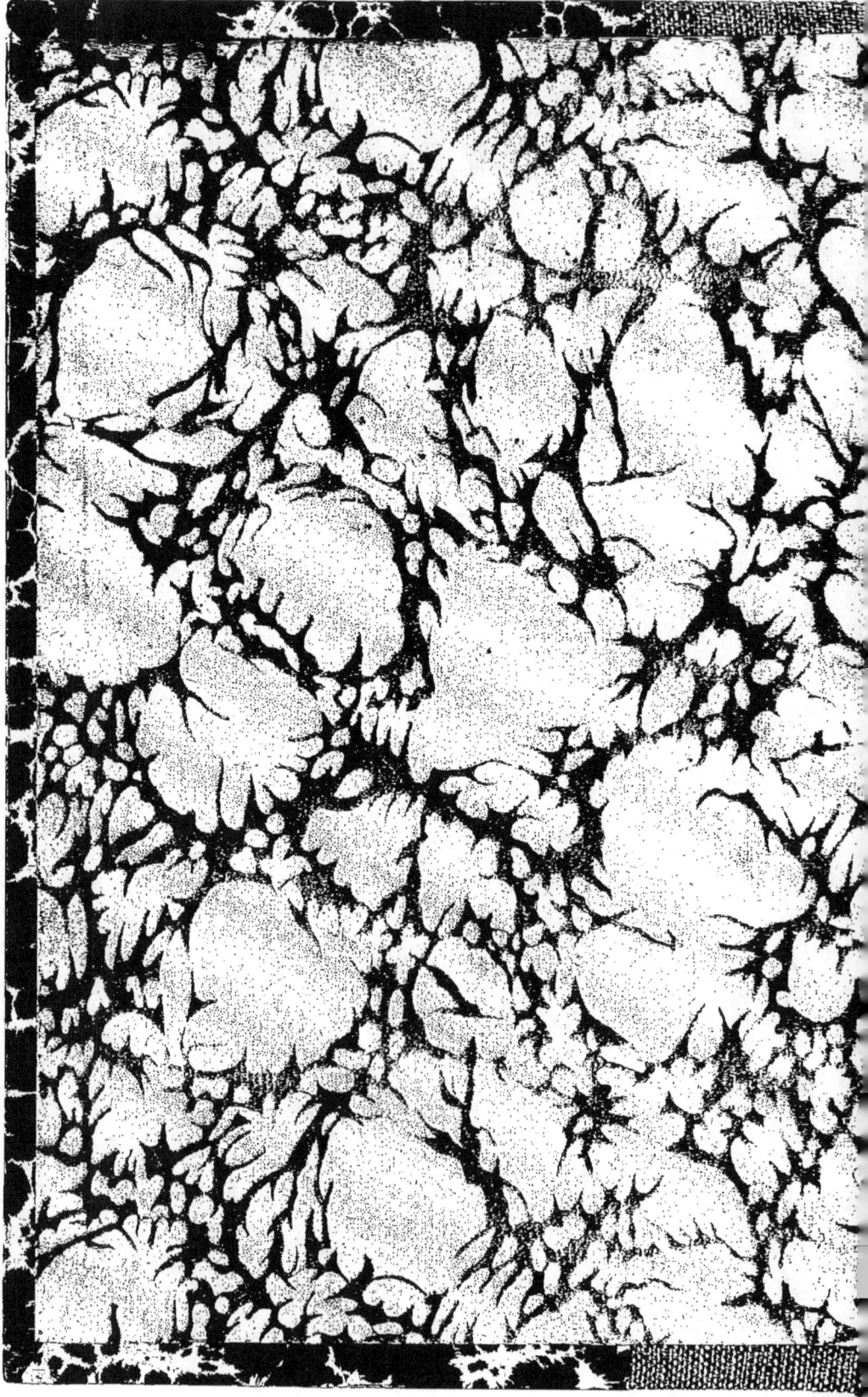

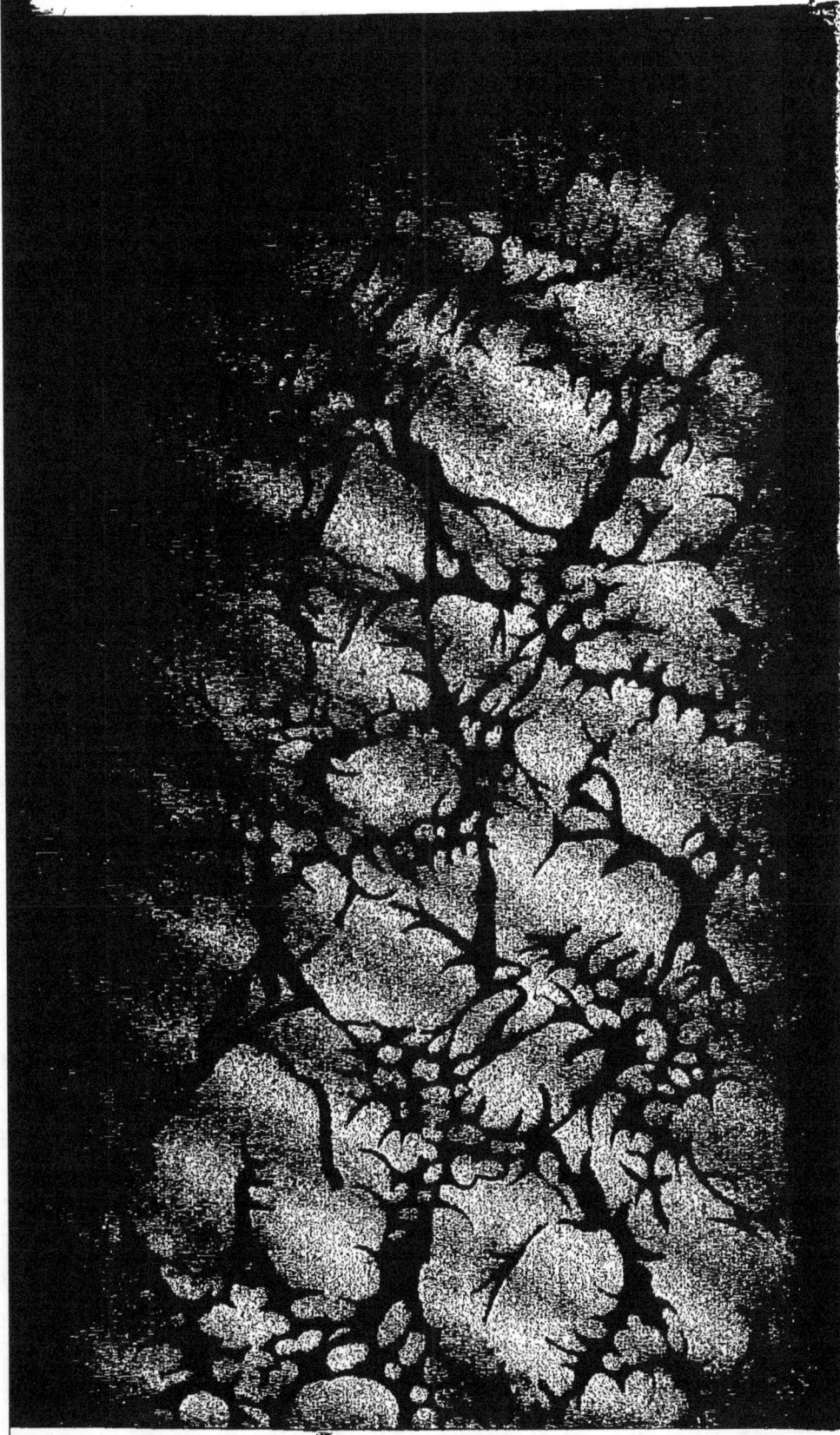

BIBLIOTHÈQUE ROSE ILLUSTRÉE

NÉRIDAH

PAR

WILFRID DE FONVIELLE

II

LE CHATEAU DE LA REINE ÉDITH

OUVRAGE

ILLUSTRÉ DE 40 VIGNETTES DESSINÉES

PAR BAHIR

PARIS

LIBRAIRIE HACHETTE ET Cie

79, BOULEVARD SAINT-GERMAIN, 79

PRIX : 2 FRANCS 25

NÉRIDAH

24 520. — TYPOGRAPHIE A. LAHURE

Rue de Fleurus, 9, à Paris

NÉRIDAH

PAR

WILFRID DE FONVIELLE

II

LE CHATEAU DE LA REINE ÉDITH

OUVRAGE

ILLUSTRÉ DE 40 VIGNETTES DESSINÉES

PAR SAHIB

PARIS

LIBRAIRIE HACHETTE ET Cie

79, BOULEVARD SAINT-GERMAIN, 79

—

1879

NÉRIDAH

CHAPITRE I

Le retour.

Le même jour, le docteur Henry Hartley, après avoir terminé ses visites aux malades, prenait un peu de repos dans sa modeste maison de Commercial-road, quand une voiture s'arrêta devant la porte. Aussitôt il entendit un grand bruit d'allées et de venues, des exclamations

d'étonnement, des cris de surprise, un mouvement extraordinaire.

Le bon docteur se disposait à envoyer au
diable ceux qui troublaient ainsi sa paisible
demeure, quand la porte s'ouvrit impétueusement. Un homme, jeune et alerte, au visage
bronzé par le soleil, portant le costume un peu
excentrique des Anglais qui ont longtemps résidé
en Orient, s'élança vers lui, les bras ouverts.
Avant qu'Henry eut pu se reconnaître, le nouveau venu lui donnait deux solides baisers, en
s'écriant :

« Mon père... mon excellent père ! que je suis
heureux de vous revoir ! »

C'était Alfred Hartley qui venait d'arriver de
France par le paquebot du soir, avec la malle
de l'Inde.

Tout en rendant à son fils ses cordiales étrein-
tes, le docteur ne pouvait en croire ses yeux.

« Toi, Alfred ! toi ! murmurait-il ; comment se
fait-il...

— J'ai obtenu de l'administration du Bengale
un congé de trois mois, et je suis venu passer
ce congé auprès de vous... et de la famille : la
chose a été décidée si vite, que je n'ai pas eu le
temps de vous écrire, et je suis arrivé, du reste,
aussi rapidement qu'une lettre.

C'était Alfred Hartley.

— Tu aurais pu, du moins, m'envoyer une dépêche en arrivant à Suez.

— Je n'ai pas pensé qu'il fût utile de le faire ;
j'ai préféré retarder de quelques jours votre joie,
pour la rendre plus complète en y joignant le
plaisir de la surprise. Les larmes que je vois
briller dans vos yeux me disent que j'ai réussi,
n'est-ce pas, mon père ?

— Brave garçon ! en douterais-tu ? » répliqua
le médecin, qui, malgré ses efforts pour dissimuler son émotion, avait en effet les yeux humides.

Toutes les personnes de la maison étant ac-
courues, Alfred trouva un mot amical pour chacune. Des rafraîchissements lui furent servis
dans le cabinet même du docteur, tandis qu'on
installait ses malles et ses bagages. Puis, comme
le père et le fils avaient sans doute bien des
choses à se dire, on les laissa seuls.

Dès que la porte se fut refermée, le jeune
homme demanda :

« Cher père, parlez-moi de mon oncle John et
de ma petite cousine Néridah... comment vont-
ils ?...

— Néridah est toujours une ravissante enfant...
Quant à ton oncle, nous ne nous voyons plus...

— Que me dites-vous là ? vous vous êtes brouillé
avec votre frère ?

— C'est plutôt mon frère qui s'est brouillé avec moi... Depuis plusieurs jours, la rupture est complète... S'il faut l'avouer, Alfred, ce pauvre John est, sinon tout à fait fou, du moins bien près de le devenir.

— Fou !... Depuis ses malheurs, en effet, il a la tête très faible... Est-ce qu'il fume encore de l'opium ?

— Encore parfois, bien qu'il s'en défende.. Mais ce qui est plus dangereux pour lui que l'opium, c'est qu'il a donné dans les folies du spiritisme ; il ne rêve plus que manifestations d'Esprits, apparitions surnaturelles. Il est tombé entre les mains d'un abominable charlatan, qui se fait appeler Karl, et d'une intrigante, soi-disant somnambule, qui sert de complice à ce drôle. Tous les deux ont enjôlé ce pauvre nigaud de John ; il veut toujours les avoir à son côté et il les bourre d'argent afin d'obtenir d'eux ce qu'il appelle « des manifestations ». Un de ces tours de passe-passe a produit sur lui une impression si profonde, qu'il a failli en mourir ; et comme j'essayais de lui faire comprendre le péril et l'absurdité des jongleries de ce genre, il m'a invité à rester chez moi.

— Que m'apprenez-vous là, cher père? dit Alfred consterné ; vos lettres cependant me fai--

saient pressentir... Et ma cousine, comment sup-
porte-t-elle tout cela?

— Elle en souffre, la chère petite... John devient
de plus en plus froid avec elle et la néglige cruellement... En vain redouble-t-elle de gentillesse
et d'affection; il ne pense plus qu'au charlatan et
à sa somnambule.

— Mon père, demanda Alfred en baissant la
voix, l'oncle John aurait-il connaissance de certains bruits ridicules qui se sont répandus dans
l'Inde au sujet de Néridah?

— Je ne le pense pas... Qui pourrait ici lui répéter ces commérages exotiques?

— Ils ont pourtant trouvé là-bas beaucoup trop
de créance, et il suffirait d'un voyageur, d'un domestique, d'une simple lettre venue d'outre-mer,
pour éveiller dans cette intelligence affaiblie des
idées funestes... Mais si ce malheur était arrivé,
il ne faudrait pas désespérer de faire revenir mon
oncle d'une crainte aussi absurde... Néridah, qui
est tout le portrait de son excellente mère Suzanne, ne peut manquer bientôt de reprendre
son empire sur John; et, comme elle a autant
de raison que de bonté et de grâce, elle sous-
traira son père à l'influence de ces escrocs.

— Que Dieu t'entende, Alfred! Néanmoins, je
crains fort... »

En ce moment, une nouvelle voiture s'arrêta devant la demeure du médecin. Le marteau de la porte résonna précipitamment et, après quelques pourparlers, plusieurs personnes pénétrèrent dans la maison.

« Qu'est ceci? dit le docteur contrarié; viendrait-on me chercher pour un malade? »

Avant qu'il eût achevé, Néridah parut, suivie de ses deux Indiennes silencieuses. La pauvre petite arrivait chez son oncle Henry, pâle, les yeux rouges, brisée d'émotion, et dans un état d'agitation incroyable.

En reconnaissant Alfred, elle poussa un cri de joie.

« Ah ! dit-elle, la Providence ne m'abandonne pas sans doute, puisque, au lieu d'un protecteur que je venais chercher ici, j'en trouve deux !... Alfred ! mon cher Alfred ! »

Et elle se jeta dans les bras de son cousin.

Le premier transport passé, elle embrassa Henry à son tour; puis, haletante, épuisée, elle tomba sur un canapé et donna libre cours à ses sanglots.

« Qu'y a-t-il, ma mignonne? demanda Henry avec bonté: comment viens-tu seule ici, et comment ton père...

— Mon père ne se soucie plus de moi, répliqua

la fillette éperdue ; il est parti pour le Rutlandshire, sans dire quand il reviendrait, et il m'a
laissée chez nous à la merci des mauvaises gens
qui lui ont tourné l'esprit... Alors, comme le méchant homme et la méchante femme ont renvoyé
mes mamans indiennes, je suis partie avec elles...
Et je viens vous prier de nous accueillir toutes
trois. »

Le père et le fils se regardèrent avec stupéfaction.

« Est-il possible, demanda Alfred, que mon
oncle John...

— Rien ne saurait plus m'étonner de lui, dit
le docteur avec tristesse ; il a sacrifié son frère,
il sacrifie sa fille à présent !.. Sois la bien venue,
ma petite Néridah, poursuivit-il en embrassant
de nouveau sa nièce ; tu as eu raison de compter
sur moi. Ma maison n'est ni aussi vaste, ni aussi
somptueuse que l'hôtel de ton père ; elle n'en
sera pas moins un asile sûr pour toi, comme
pour tes gouvernantes... et par le plus heureux
des hasards, voici Alfred qui va m'aider à te protéger. »

Pendant que le docteur rassurait sa nièce, Alfred s'était tourné vers les Indiennes et les ques-
tionnait en tamoul. Nana et Tata se mirent alors
à parler avec volubilité, en se livrant à une ges-

ticulation exagérée, selon l'habitude des Orien-
taux. Elles racontaient avec indignation ce qu'elles
savaient des agissements de John envers sa fille
et des procédés mis en usage par les intrigants
qui exerçaient dans la maison une si funeste
influence. Suffisamment renseigné à cet égard,
Alfred leur imposa silence d'un geste, et s'adressant à Néridah :

« Courage ! ma chérie, dit-il du ton le plus
affectueux, calme-toi, console-toi... Ton père ne
tardera pas à te revenir, je te le promets, et les
misérables qui l'abusent d'une façon si indigne,
recevront leur châtiment.

— Oh ! dit Néridah en s'efforçant de sourire,
maintenant que je suis entre mon oncle Henry
et mon cousin Alfred, ces méchants ne me font
plus peur !

— Oui, aie confiance en nous... Mon père,
poursuivit Alfred, cette enfant se soutient à
peine... Installons-la avec ses nourrices dans
la chambre que vous me destiniez ; on trouvera
pour moi un coin dans la maison, n'importe où,
car je ne suis pas difficile. Aussi bien, ce qui arrive m'obligera de m'absenter beaucoup... Occu-
pons-nous d'abord de ma pauvre cousine.

— Tu as raison, dit le docteur qui avait tâté
le pouls de sa nièce ; elle a une grosse fièvre...

De pareilles émotions pourraient avoir les conséquences les plus terribles chez une fillette si
jeune ! »

Il n'était que trop facile de voir combien le bon
docteur avait raison. Néridah semblait avoir perdu
soudainement la raison. Elle riait bruyamment,
puis tout d'un coup elle se mettait à sangloter.
Alors elle embrassait les mains de son oncle et
de son cousin avec une sorte d'effusion convul-
sive ; puis, poussant des cris aigus, elle cachait
son visage dans le sein de Nana ou de Tata,
toutes tremblantes l'une et l'autre.

Aidé des deux Indiennes, et après avoir fait
signe au jeune homme de l'attendre, le docteur
porta la malade dans une chambre confortable,
il la fit coucher malgré elle et lui administra une
potion calmante ; quand il vit que ses yeux com-
mençaient à se fermer, il revint en toute hâte
dans le cabinet où son fils l'attendait avec une
impatience facile à concevoir.

« Plus de doutes, dit Alfred d'un air pensif ;
mon oncle a été mis au courant des sottises dé-
bitées dans l'Inde au sujet de Néridah, et on en
a profité avec habileté pour achever de lui troubler la cervelle. Ainsi seulement peut s'expliquer
l'indifférence coupable de John envers sa fille,
la fille de Suzanne !

— Ma foi ! décidément cela serait possible.

— Eh bien, mon père, nous devons faire les plus énergiques efforts pour empêcher que de si misérables calomnies puissent être exploitées ; outre que j'aime Néridah comme une sœur, je n'oublierai pas quelles obligations j'ai contractées avec ma bonne tante. C'est à Suzanne que je dois les bienfais de mon éducation, vous vous en souvenez ; c'est à elle aussi, et à mon oncle John, que je dois ma brillante position administrative dans l'Inde. A tous ces titres, j'ai aujourd'hui une mission à remplir. Dussé-je y perdre la vie, je veux sauver Néridah, désabuser son père, punir les scélérats qui les enlacent tous les deux de leurs abominables intrigues.

— Je t'approuve, Alfred, dit le docteur avec émotion ; j'ai le cœur brisé de songer vers quel abîme marche mon frère... Déjà j'ai eu plusieurs entretiens avec le colonel Henderson, chef de la police, qui est mon client, et je lui ai signalé ce charlatan de Karl ; mais tu sais combien, selon la loi anglaise, il est difficile d'obtenir un warrant contre un coquin qui s'arrange pour ne pas donner prise sur lui... Il faut donc attendre que se produise un fait suffisant pour justifier l'arrestation... En attendant, la police est en train de fouiller le passé très mystérieux de cet odieux

Karl, et l'on croit être sur la voie des découvertes. Sans doute, d'un moment à l'autre...

— Eh bien, mon père, je verrai le colonel Henderson, je m'informerai auprès de lui de tout ce qui concerne ce Karl et son associée, la somnambule.... Du reste j'ai affaire moi-même au chef de la police, relativement à un Allemand qui a commis un crime épouvantable et que l'on suppose réfugié à Londres... Mais je ne compte pas sur la police afin d'arracher mon oncle aux griffes du démon qui s'est emparé de lui ; je compte sur moi-même.

— Que veux-tu dire ?

— Écoutez-moi ; un procès scandaleux, intenté à Karl et à ses pareils, aurait les plus fâcheux résultats pour John ; qui sait même si, dans son déplorable aveuglement, mon oncle ne se tournerait pas contre vous, contre moi, contre Néridah ? D'autre part, il serait tout à fait inutile de heurter de front son absurde manie. Vous l'avez essayé, et vous n'avez réussi qu'à l'irriter... Je prendrai donc un autre moyen. Personne encore ne connaissant mon retour à Londres, il ne sera pas difficile de dissimuler ma présence en Angleterre. Je m'attacherai secrètement aux pas de notre gredin ; je saurai quels moyens il emploie pour dominer John, et je tâcherai de

le battre avec ses propres armes. Vous vous
souvenez que, dans l'Inde, j'ai dû étudier les
tours des jongleurs, bien autrement habiles
que ce soi-disant médium; j'ai appris aussi
l'art de me déguiser, et parfois vous-même,
mon père, auriez peine à me reconnaître. D'un
autre côté, par suite de circonstances providentielles, la présence à Calcutta d'un des plus
grands physiciens américains, je suis initié à
des découvertes que les académies d'Europe
ignorent encore à cette heure, et que ce charlatan de bas étage ne peut par conséquent connaître. Je tiens en main des secrets qu'il ne
m'est point permis de divulguer, mais dont je
suis autorisé à faire usage pour démasquer ce
spirite de pacotille, qui n'a à sa disposition que
les trucs usés dont se servent ses pareils pour
tromper tant d'honnêtes pères de famille.... Je
ferai manquer ses pièges enfantins, je frapperai
plus que lui l'imagination de sa dupe, je le
convaincrai d'ignorance et d'imposture.... Ainsi
nous arriverons sûrement à reconquérir mon
pauvre oncle John.... Eh bien! que dites-vous
de mon plan?

— Il est excellent et rationnel en tous points.
Mais, Alfred, son exécution absorbera le temps
que tu dois passer parmi nous, nécessitera de

grandes dépenses, t'exposera peut-être à des dangers...

— L'argent ne me manquera pas ; j'ai là, dans mes malles, quelques sacs de roupies indiennes ; les dangers ne sont pas réels, et d'ailleurs, je ne m'en soucie guère. Quant à mon temps, vous seul, mon père, pourrez vous plaindre si, au lieu de vous le consacrer, je l'emploie pour le salut de votre frère et de cette jolie Néridah, qui était l'idole de Suzanne.

— Brave garçon ! fais ce que tu voudras... Tu es sage, prudent ; il me semble que tu dois réussir.

— Je vais donc, reprit Alfred résolûment, préparer mes batteries, afin de me mettre en campagne le plus tôt possible avec toutes les chances de succès. John est, à ce que l'on dit, dans le Rutlandshire et, si je ne me trompe, il n'en reviendra pas de si tôt. Or, à la ferme des Oaks, où s'est écoulée une partie de mon enfance, je trouverai des connaissances nombreuses et des amis. Mon action sera d'autant plus sûre que mon oncle me croit encore bien loin. Bon espoir donc, cher père ; le Karl n'a qu'à se bien tenir, et peut-être tôt ou tard lui passera-t-on au cou un collier de chanvre, à moins qu'on ne juge plus convenable de l'envoyer aux travaux forcés. »

Le père et le fils se concertèrent, afin de laisser le moins possible au hasard, et convinrent de se mettre à l'œuvre dès le lendemain matin.

Les choses ainsi arrangées, on s'enquit de Néridah. Elle se trouvait beaucoup mieux; la médication énergique du docteur Henry avait produit d'excellents et rapides effets, et la petite s'était paisiblement endormie sous la garde de ses nourrices.

« Mon père, dit Alfred, je jure de payer bientôt ma dette de reconnaissance à ma tante Suzanne !

CHAPITRE II

En chemin de fer.

Revenons maintenant à Karl et à Mme Jellous, que nous avons laissés à l'hôtel du nabab, dis- cutant sur le meilleur parti à prendre après le départ de Néridah.

Ils n'avaient pu encore s'arrêter à aucun, lors- que Davy entr'ouvrit la porte.

« Maître, dit-il à Karl avec respect, j'ai pensé qu'il vous serait agréable d'apprendre ce qu'est devenue miss Hartley.

— Je le saurais déjà, répondit Karl tranquillement, si j'avais eu le temps de consulter les Esprits... Où est-elle?

— Quand elle est partie avec les deux Indiennes, je suis moi-même monté dans un cab, et je les ai suivies de loin... Miss Néridah s'est rendue chez son oncle le docteur Hartley, et comme je ne l'ai pas vue en sortir, je suppose qu'elle y demeurera désormais.

— C'est bien, Davy, reprit Karl avec sa sérénité majestueuse; vous pouvez vous retirer... Je suis content du zèle que vous mettez à me servir. »

Cet éloge parut gonfler d'orgueil le valet spirite; Davy sortit tout fier d'avoir eu une inspiration de nature à mériter les éloges du célèbre médium.

« Le danger est plus grand encore que je ne l'imaginais, dit Karl à Mme Jellous; ce docteur Hartley, qui nous en veut mortellement, ne va pas perdre une minute. Il ne manque pas d'énergie, et nul ne sait quelle couleur il donnerait à l'affaire s'il voyait le nabab avant nous. Je croyais n'avoir à lutter que contre une petite fille, et elle s'appuie maintenant sur un des plus dangereux adversaires de notre art.... Il faut que ma première entrevue avec John soit décisive, ou que je frappe un grand coup, que je dompte à jamais sa volonté. J'y réussirai en l'étourdissant par toutes sortes de prodiges et d'apparitions... Il est si simple, si crédule!...

— Karl! Karl! répliqua Mme Jellous en secouant la tête, cette affaire prend une mauvaise tournure, et je regrette que nous nous y soyons embarqués. Le docteur Hartley, je vous l'ai dit, me fait grand peur. Il est ami du chef de la police, et si on lâchait à nos trousses certains *détectives*....

— Vous ne risquez pas autant que moi, ma chère, répliqua le médium d'un ton cynique, mais en baissant la voix; il ne s'agirait pour vous que de la maison de correction, au lieu que moi... hum ! Mais ne pensons pas à ces sottises... Nous jouons une superbe partie, et nous avons chance de la gagner : il faut donc bien tenir nos cartes, aller jusqu'à la fin. Nous voici déjà débarrassés de la fille, du moins je l'espère. Il ne s'agit plus que de faire faire au nabab un testament en notre faveur, ce qui ne sera pas difficile ; le testament une fois entre nos mains, vous verrez que M. John Hartley sera assez aimable pour ne pas vivre longtemps... »

Et il se mit à ricaner tout bas.

« Karl, vous me donnez le frisson.... Vous visez trop haut, et je crains...

— Ne frissonnez pas, ma belle, reprit le médium dédaigneusement, et agissons sans délai. Je désire emporter avec moi tous les appareils qui me sont nécessaires pour servir notre nabab selon ses goûts. Pendant que je resterai ici, afin de faire face aux évènements, allez chez vous remplir une malle de ces objets. N'oubliez pas mon appareil portatif de fantasmagorie, et surtout une photographie coloriée de Suzanne Hartley, photographie que j'ai heureusement transportée sur verre. Je la tiens de Davy, qui l'a, je crois, dérobée à la petite Néridah... Vous trouverez le tout dans cette pièce, où personne n'entre que nous, et que nous appelons l'*atelier*.

— J'y vais, maître, répondit Mme Jellous, et je m'acquitterai avec soin de votre commission. Néanmoins, ajouta-t-elle en soupirant, il vaudrait mieux peut-être...

— Eh ! folle, reprit le spirite en haussant les épaules, puisque je réponds du succès... Tenez, rien qu'avec cette photographie sur verre, je prétends amener ce pauvre benêt de John à faire tout ce que nous voudrons. »

Mme Jellous n'osa insister et sortit. Elle prit une voiture, et en moins d'une heure elle revint, avec une malle élégante et soigneusement close que Karl garda près de lui.

Le jour tombait. Les deux associés, avant de se séparer, firent honneur à un dîner délicat, digne pendant du repas du matin. Puis, ne voulant pas se servir des voitures de la maison, Karl envoya chercher un cab pour le transporter avec sa malle à la gare d'Euston-Square. Au moment de partir, il dit à la somnambule :

« Vous resterez ici jusqu'à demain soir, et vous aurez l'œil ouvert sur toutes choses... Je vais ordonner aux domestiques de vous obéir comme à moi-même, et vous serez attentive aux télégrammes que je vous adresserai de là-bas... Demain soir, à moins de contre-ordre, vous rentrerez chez vous et laisserez l'hôtel à la garde de l'intendant.... Surtout, sachez bien comprendre mes dépêches et agissez avec promptitude, car la moindre imprudence aurait les plus graves conséquences pour nous. »

Mme Jellous promit de se conformer exactement à ces instructions.

En arrivant à la gare d'Euston-Square, toute brillante de la lumière électrique, Karl ne put s'empêcher de penser à sa première rencontre avec John Hartley en cet endroit.

« Quelle aubaine ! disait-il en lui-même ; et comme j'ai été bien inspiré de restituer une montre qui n'était bonne qu'à être fondue !...

Cette idée heureuse me rapportera cent mille guinées ! »

Et, après avoir fait inscrire son bagage, il monta dans le train d'Oakham.

Mais, quand il se trouva seul dans un compartiment désert, abandonné à ses réflexions, les inquiétudes lui revinrent. Se souvenant de l'esprit faible et irrésolu de John, il demeurait de plus en plus convaincu qu'il fallait exercer sur lui une continuelle surveillance.

« Quel accueil vais-je recevoir? disait-il ; aussi bien j'arriverai chez lui au milieu de la nuit, dans un pays nouveau pour moi, et je crains... Est-il même encore dans le Rutlandshire, et le vent n'a-t-il pas tourné en faveur de cette petite fille qui paraît toujours lui tenir au cœur ? Qui sait s'il n'est pas déjà en route pour revenir à Londres et s'il ne se trouve pas dans un des trains que nous croisons? Qui sait si en cherchant à me sauver plus sûrement je n'ai point consommé ma ruine! »

Préoccupé de cette crainte, Karl plongeait un regard attentif dans les wagons qui passaient; mais, outre qu'il était nuit, les trains filaient avec la rapidité de l'éclair, et il s'épuisait en tentatives inutiles.

Le convoi ne tarda pas à s'arrêter à la station de Rugby, où venait justement de s'arrêter aussi un train parti d'Oakham pour Londres. Karl s'embusqua sur le quai et se mit à examiner les voyageurs ; tout à coup il aperçut à quelques pas John Hartley qui descendait d'une des voitures de première classe.

Les prévisions du médium se réalisaient ; le danger qu'il redoutait n'était que trop réel, mais un spirite endurci ne perd pas facilement la tête. Un instant lui suffit pour improviser un plan d'action, qui lui permettait de tirer parti de cette circonstance si embarrassante pour tout autre. Il s'approcha du nabab, mais en se dissimulant adroitement derrière les becs de gaz.

Se trouvant face à face avec l'homme à qui il songeait précisément, John s'imagina avoir devant lui un spectre, un fantôme.

Dans ce moment critique, Karl sut prendre un air calme, dégagé ; un sourire, un vrai sourire, illumina sa physionomie ordinairement un peu sombre.

« Bonjour, monsieur Hartley, dit-il. Je savais vous rencontrer ici... Les Esprits m'avaient prévenu.

— Les Esprits ! répéta John tout ébahi ; cette rencontre, en effet, est si extraordinaire... vous me cherchiez donc ?

— Oui .. Il vous est venu certains doutes, certains scrupules, et mon affection pour vous me fait un devoir de vous éclairer... D'ailleurs, j'ai à vous rendre compte de ce qui s'est passé chez vous pendant votre absence.

— Qu'est-il arrivé ? Néridah...

— Elle s'est obstinée, malgré mes efforts, à suivre les Indiennes, et elle a quitté l'hôtel. »

Le nabab devint horriblement pâle.

« Ma fille ! ma fille ! murmura-t-il.

— Votre fille ! répéta Karl d'une voix sourde, vous oubliez qu'elle ne l'est pas... Suzanne vous l'a dit, elle vous le dira encore !.. Et savez-vous où Néridah a cherché un asile ? Chez votre frère, le docteur Hartley.

— Ah ! reprit John dont la figure s'attrista, chez mon frère qui me déteste... Enfin je vais voir par moi-même.

— Hartley, dit Karl d'un ton d'autorité en baissant encore la voix, vous ne pouvez retourner à Londres ce soir ; vous allez revenir dans le Rutlandshire, en ma compagnie... c'est l'ordre de Susanne !

— De Suzanne !

— Oui ; elle s'est manifestée à moi et elle se manifestera à vous...

— A moi ? grand Dieu ! c'est le plus ardent de mes désirs !.. et quand ?

— Demain, cette nuit même... aussitôt que je pourrai faire une évocation. »

En ce moment, les employés de la station crièrent :

« Les voyageurs pour Oakham... en voiture !

— Venez ! dit Karl en entraînant le nabab.

— Mais Néridah...

— Demain matin vous enverrez une dépêche au docteur et vous lui ferez connaître vos volontés.

— Mais je n'ai pas de ticket pour retourner dans le Rutlandshire...

— Vous êtes connu sur la ligne... et vous risquez seulement de payer double place, ce qui ne saurait arrêter un gentleman tel que vous »

Tout en parlant, Karl avait poussé John dans un wagon ; il s'y jeta derrière lui et referma vivement la portière ; aussitôt le train siffla et partit.

Le wagon où Karl venait d'introduire sa victime, ne contenait pas d'autres voyageurs, et, comme on avait baissé un store épais sur la lampe du plafond, il y régnait une obscurité à peu près complète.

Tout cela s'était passé si vite, que John n'avait pas eu le temps de respirer. Il resta quelques

minutes ahuri, cherchant à se rendre compte de
ce qui lui arrivait. Enfin, il demanda au médium qu'il entrevoyait à peine dans l'obscurité :

— Est-il bien vrai, maître, que Suzanne elle-
même...

— Oui... Suzanne veut vous arracher à certaines affections qu'elle désapprouve et vous ramener dans ce coin du Rutlanshire qu'elle aimait tant.... Vous serez récompensé de votre
docilité, j'en suis certain. Suzanne vous protège, vous accompagne dans ce voyage.... Et
tenez, par le ciel ! regardez.... là.... à la portière
gauche. »

Le nabab se tourna précipitamment du côté
indiqué.

Le train s'était engagé dans une profonde tranchée, dont les parois lisses formaient comme
deux murs, de chaque côté de la voie. Or, sur la
paroi qui lui faisait face, John vit apparaître un
point lumineux et brillant, qui grossit avec une
rapidité extrême et finit par prendre la forme
d'une belle femme, en costume hindou ; elle
glissait au milieu des ténèbres et semblait suivre
le train.

« Suzanne ! chère Suzanne ! » s'écria le nabab
transporté en étendant les bras vers cette image
éblouissante.

Elle glissait au milieu des ténèbres et semblait suivre le train.

C'était bien Suzanne, en effet; ses traits fins
et délicats, ses yeux bleus si doux, sa bouche
souriante, et ses longs cheveux blonds. De plus,
elle portait un riche costume indien que John lui
avait donné lui-même autrefois, une sorte de tunique rouge, semée d'étoiles d'or; un ample
voile de gaze lamée se drapait sur la tête et retombait sur les épaules. Elle était si belle ainsi,
que son mari avait voulu la faire photographier
dans cette toilette, et il n'avait encore oublié
aucun des détails qui avaient produit sur son
âme une impression si vive.

_ Aussi John était-il dans une sorte d'extase; il
se penchait à la portière, sans songer à se tourner vers Karl qui, debout derrière lui, regardait
par-dessus son épaule.

« Suzanne! Suzanne! » répétait le nabab d'une
voix haletante.

Mais le train étant sorti de la tranchée, la gracieuse image sembla se perdre tout à coup dans
un immense éloignement et se confondre avec
les nuages du ciel à l'horizon. Elle avait disparu
et John se désolait, quand elle se montra de
nouveau à quelques pas de lui. Cette fois, elle se
jouait parmi les buissons d'aubépine qui lon-
geaient la voie ferrée; elle vagabondait dans
la verdure et les fleurs, avec sa tunique rouge

et son voile lamé d'or. John était fou de joie.

« C'est elle !... c'est bien elle » ! s'écriait-il, et il tendait les bras vers sa chère Suzanne. »

Avant qu'il fût revenu de son extase, l'ombre s'effaça de nouveau brusquement ; en même temps une vive lumière éclaira le compartiment ; Karl venait de décrocher habilement le store de la lampe et l'avait replié sans faire le plus léger bruit.

« Eh bien ! homme de peu de foi, dit le médium, avec un sourire dédaigneux, êtes-vous content et ai-je tenu ma promesse ?

— Maître, je ne saurais assez vous exprimer ma satisfaction. A présent, j'irai partout où il vous plaira de me conduire, puisque c'est par l'ordre exprès de Suzanne... Oui, j'ai bien reconnu ses traits charmants, et elle porte encore le costume sous lequel j'aimais tant à la voir... Mais elle ne m'a pas parlé, elle ne m'a pas appris quelle conduite je dois tenir.

— Une voix humaine, reprit Karl gravement, ne saurait être entendue au milieu du bruit infernal d'un train en marche ; comment voulez-vous qu'une voix d'outre-tombe puisse agir sur votre ouïe grossière et terrestre ? Mais vous ne perdrez rien pour attendre et vous pouvez être assuré que votre zèle sera magnifiquement récompensé...

Certainement feu Mme Hartley vous fera connaître sa volonté d'un moment à l'autre.

— De quelle manière ?

— Voilà ce que j'ignore... A défaut de voix, les Esprits ont toutes sortes de procédés pour se manifester aux vivants... Attendez donc avec respect ce qu'il plaira à votre Suzanne de vous communiquer en temps et lieu. »

Puis Karl, comme fatigué de la conversation, s'installa dans un coin et eut l'air de sommeiller.

John continuait de regarder la campagne avec avidité ; mais il ne voyait qu'une masse confuse d'objets tourbillonant dans les ténèbres et l'image chérie ne se détachait plus au milieu de ce chaos.

Quelques heures se passèrent ; il ne devait pas être loin de minuit, quand le train commença à ralentir sa marche, et les gardes-train annoncèrent Oakham ; on était arrivé.

Aussitôt John Hartley et Karl s'élancèrent sur le quai de la station. On réclama les tickets ; John dut déclarer qu'il n'en avait pas, ce qui fit froncer les sourcils à l'employé de la gare ; mais le nabab lui glissa dans la main une banknote, en l'invitant, le prix de la place une fois payé, à garder le reste. L'employé éleva précipitamment la lanterne, qu'il tenait à la main, pour examiner les traits d'une personne si généreuse; il reconnut le nabab, qui était célèbre dans tout le voisinage.

« Ah! c'est vous, Votre Honneur! dit-il gaiement; ma foi! j'aurais dû vous deviner à votre libéralité... Mais, monsieur Hartley, ajouta-t-il d'un ton d'inquiétude, votre calèche vous attend-elle devant la gare pour vous conduire aux Oaks?

— Non, mon ami, répondit John; je reviens à l'improviste et personne aux Oaks n'est averti de mon retour.

— C'est fâcheux, bien fâcheux, Votre Honneur; à cette heure de la nuit, vous ne trouverez ni voiture ni chevaux pour vous transporter chez vous, et il y a quatre bons milles d'ici... En outre, avez-vous des bagages?

— Moi, non; mais voici mon ami qui a une malle à réclamer.

— On va la lui remettre... Seulement, messieurs, comment ferez-vous pour vous rendre aux Oaks, par cette nuit noire... sans compter que le temps paraît vouloir se mettre à la pluie, et que les hemins ne sont pas des meilleurs? »

Réellement il n'était pas possible de parcourir à pied le trajet de la station aux Oaks, d'autant moins que Karl ne voulait pas se séparer de sa malle qui, à ce qu'il faisait entendre, contenait des objets précieux.

« En ce cas, Votre Honneur, dit l'employé à John, je ne vois qu'un parti à prendre : c'est que vous alliez, avec le gentleman votre ami, coucher à l'auberge du Cygne, à un demi-mille d'ici. Je vous donnerai un de nos facteurs, qui, moyennant un pourboire convenable, portera la malle jusque-là et en même temps vous servira de guide dans l'obscurité. Demain matin, vous enverrez quelqu'un aux Oaks, afin qu'on vienne vous chercher avec une voiture... Vous ne serez pas à l'auberge du Cygne comme dans un de vos châteaux ou de vos hôtels, mais la maison est propre, et les sœurs Swift, qui la tiennent, sont de braves femmes, fort aimées dans le pays... Votre Honneur connaît bien les dames Swift, j'imagine ?

— Oui, oui, et je crois qu'en effet il faut aller coucher à l'auberge du Cygne, » dit John d'un ton résigné, en regardant fixement son compagnon, sans lequel il ne pouvait évidemment prendre aucune résolution définitive.

Karl, comme le nabab, ne paraissait nullement enchanté de ce contre-temps, que les Esprits n'avaient pas prévu sans doute. Mais, au fond du cœur, il était ravi d'avoir une occasion de mettre

en usage les spectres qu'il avait dans son sac,
et d'assurer sa puissance par quelque nouvel
escamotage; aussi bien songeait-il à part lui
qu'avant d'arriver aux Oaks il pouvait être
prudent de se renseigner un peu et de prendre,
comme on dit vulgairement, l'air du bureau. Il
agita donc la tête en signe d'assentiment.

Les choses ainsi arrangées, on ne tarda pas à
se mettre en route. En avant marchait un robuste gaillard, portant sur son crochet la malle
de Karl, et tenant à la main une lanterne que lui
avait confiée l'employé de la gare. Comme il connaissait parfaitement le chemin, il allait d'un
pas ferme, tandis que les voyageurs se tenaient
par le bras et s'avançaient avec hésitation, en
frissonnant sous la brise fraîche de la nuit.

CHAPITRE III

L'auberge du Cygne.

La campagne que l'on traversait était solitaire
et silencieuse. A cette heure avancée, pas une lumière ne trahissait l'existence d'habitations hu-
maines, et cette lanterne, errant comme un feu
follet sur le grand chemin, ne devait attirer l'attention de personne. A peine si quelques aboie-
ments éloignés troublaient, par intervalles, le
calme morne de la nuit.

John, toujours absorbé par la même pensée,

cherchait si, au milieu de ces ténèbres, il n'aurait pas encore quelque lumineuse manifestation de Suzanne. Karl, qui le surveillait sournoisement du coin de l'œil, devina sans peine ce qui préoccupait sa dupe, et crut qu'il serait de bonne politique de le distraire par quelque interrogation adroite.

« Qu'est-ce donc, monsieur Hartley, que cette auberge où nous allons passer la nuit ?

— Ah ! l'auberge du Cygne ? répondit John d'un ton indifférent ; c'était une excellente maison autrefois, car elle s'élève au point de jonction de deux routes importantes ; mais depuis l'établissement des chemins de fer elle a beaucoup perdu, et les dames Swift ne prospèrent pas...

— Vous connaissez ces dames, à ce qu'il paraît ?

— Tout le pays les connaît... D'intéressantes créatures ! La plus âgée avait épousé le frère de l'autre, M. Swift, un savant et habile ingénieur. Lors de la découverte du pétrole en Amérique, Swift, qui était pauvre, fut des premiers à partir pour les États-Unis, afin d'exploiter la nouvelle industrie. Il laissa ici sa jeune femme, alors enceinte, et sa sœur miss Jenny, qui avaient une vive affection l'une pour l'autre. La spéculation de l'ingénieur fut des plus heureuses ; en très peu de temps il réalisa une fortune considérable aux États-Unis, et voulant en faire profiter sa famille, il s'embarqua avec tout ce qu'il possédait pour revenir en Europe. Le navire sur lequel il avait pris passage périt en mer, les uns disent par une tempête, les autres par une espèce de machine infernale qu'un scélérat avait placée à fond de cale[1], et Swift fut englouti ainsi que sa richesse. »

S'il eût fait jour, le nabab eût pu remarquer que son compagnon était devenu subitement très pâle. Cependant Karl demanda avec un accent très calme :

« Comment s'appelait le navire sur lequel se trouvait cet ingénieur ? Le savez-vous, monsieur Hartley ?

— Je l'ai su autrefois... mais c'est un nom bizarre... Si vous y tenez, les dames Swift vous le diront... Toujours est-il que les pauvres femmes faillirent elles-mêmes mourir de chagrin en apprenant l'épouvantable catastrophe. Pour comble de malheur, le petit Samuel, l'enfant qui était né peu de temps après le départ de son père, eut, à la même époque, des convulsions terribles. Il y échappa, grâce aux soins dévoués de sa mère et

---

1. Voyez la note à la fin du volume

de sa tante, mais il devint muet, et l'on doute
qu'il recouvre jamais la parole... C'est néanmoins
un enfant charmant, plein d'intelligence, et j'ai
plaisir à le caresser, quand je m'arrête par hasard à l'auberge du Cygne... A la suite de ces
malheurs, Mme Swift et miss Jenny, sa belle-
sœur, ont pris la direction de l'auberge, où,
je vous le répète, elles ont bien du mal à joindre
les deux bouts. »

Karl avait écouté ce récit avec attention et demeurait pensif, comme s'il eût cherché quel parti
il pourrait en tirer plus tard. Toutefois il ne dit
rien et l'on continua d'avancer.

Bientôt on atteignit une hauteur d'où l'on
devait, pendant le jour, apercevoir une grande
étendue de pays. La brise, en ce moment, venait
d'emporter un des nuages pluvieux qui couvraient le ciel, et un faible rayon de lune tombait sur le paysage. On ne pouvait en distinguer
les détails, mais on entrevoyait, à quelque distance
de la route, une masse sombre de vieux bâtiments que surmontaient des tours majestueuses.

Ce ne furent pourtant pas ces antiques constructions qui attirèrent les regards du nabab ;
il étendit le bras vers une lumière qui brillait
dans une direction opposée et semblait provenir
d'une habitation.

« Voilà l'auberge du Cygne, dit-il ; et je crois qu'on y est encore debout.

— Fort bien, répliqua Karl ; mais pourriez-vous me dire encore, monsieur Hartley, ce que c'est que cette espèce de château fort qui s'élève là à notre gauche ?

— C'est le château de la reine Edith... On en parle dans l'histoire de l'Angleterre et il s'y est passé toutes sortes de grands évènements, plus tragiques les uns que les autres... Ma chère Suzanne, qui lisait volontiers les vieilles légendes, aurait pu vous en conter long sur les puissants personnages qui l'ont habité, sur les crimes qui s'y sont commis. Elle aimait à le parcourir, à se promener sous les vieux arbres de l'avenue... On assure qu'il y revient des Esprits malfaisants et que les habitants du château périssent tôt ou tard de mort violente ; aussi est-il à vendre, et on ne trouve pas d'acquéreur... Deux fois déjà on a baissé la mise à prix ; le sollicitor, qui est chargé de la vente et qui habite le village où nous allons nous arrêter, se désole de cet état de choses.

— Le château est-il encore occupé ?

— Par quelques domestiques seulement... L'ancien propriétaire, qui affectait de se moquer de la lugubre tradition, a été trouvé un beau matin, dans sa chambre, le cœur traversé d'un poignard[1]. Les uns ont dit qu'il s'était tué lui-même ; d'autres, qu'il avait été assassiné ; l'affaire n'a jamais été éclaircie. Il y a deux ans de cela, et le château n'est pas vendu encore, à cause des Esprits qui hantent, dit-on, les galeries et les tours... »

Le médium interrompit brusquement son interlocuteur.

« Je ne m'étonne plus, reprit-il comme en se parlant à lui-même, mais de manière que John ne perdît pas une seule de ses paroles, de la façon impérieuse dont Mme Suzanne s'est exprimée lorsqu'elle m'a enjoint de venir au-devant de son mari pour le retenir dans ces parages ! — Oui, mon cher monsieur John, ajouta-t-il en se tournant vers le nabab et en lui saisissant la main, il faudra braver la puissance de ces esprits malfaisants ! Peut-être même devrons-nous les obliger de coopérer à notre œuvre. Mais pourriez-vous surmonter vos sentiments de terreur, si vous vous trouviez seul, à l'heure de minuit, pendant des nuits sans lune peut-être, au milieu des ruines où ces êtres effrayants ont élu domicile ? »

1. Voyez la note à la fin du volume.

La voix du médium prenait des tons de plus en plus lugubres, et il tenait toujours la main de John, qui sentait l'effroi lui monter au cœur.

Cependant il répondit bravement :

« Pourquoi craindrais-je ces Esprits ? Ils vous obéissent, maître, et je suis certain.... »

La conversation fut interrompue. L'homme qui les précédait, portant une lanterne, venait de s'arrêter devant une grande et vieille maison située au bord de la route ; il fit résonner le heurtoir contre une porte massive.

Une lumière s'agita dans l'intérieur de la maison, et on entendit une voix de femme demander : *Qui est là ?*

Le facteur de la gare se nomma et annonça qu'il amenait à l'auberge du Cygne des voyageurs, arrivés par le chemin de fer.

« Des voyageurs du chemin de fer ! répéta la voix féminine non sans une certaine nuance d'ironie ; ah ! voilà du nouveau chez nous ! »

On écarta les énormes verrous qui assujettissaient la porte, et une femme, encore jeune et d'aspect agréable, apparut, une lampe à la main ; c'était Mme Swift. A son côté se tenait miss Jenny, grande et jolie personne, bien qu'elle approchât de la trentaine. Les deux belles-sœurs étaient modestement mais convenablement vêtues, à la mode bourgeoise. Derrière elles, on entrevoyait la figure effarée de la vieille Sarah, la servante, qui, avec un garçon d'écurie, composaient la domesticité de la maison.

Tout ce monde écarquillait les yeux pour voir les « voyageurs du chemin de fer ».

« Bonté divine ! s'écria Mme Swift dont le visage s'épanouit, c'est Son Honneur M. Hartley, de la ferme des Oaks ! Par quel miracle M. Hartley, que nous avons vu passer aujourd'hui dans sa calèche pour aller à la gare, nous arrive-t-il si tard et à pied ? Voilà ce que je ne saurais dire !

— Je vous expliquerai cela, madame Swift, répliqua John en souriant ; toujours est-il que, mon ami et moi, nous passerons la nuit chez vous... Mais laissez-moi d'abord congédier ce brave homme. »

Il s'approcha du portefaix, qui venait de déposer dans le vestibule la malle de Karl, et il lui donna un généreux pourboire. L'homme remercia et partit ; la porte se referma derrière lui avec un grand bruit de ferraille.

On conduisit les voyageurs dans une pièce du rez-de-chaussée, servant à la fois de « parloir » et de cuisine. Tout y était propre, rangé avec

ordre, et un bon feu brillait dans la cheminée.
L'hôtesse offrit aux nouveaux venus les deux
meilleures places devant le foyer, puis elle dit à
John :

« On va vous préparer la grande chambre,
Votre Honneur, et ce gentleman aura la chambre
Verte, qui est voisine.... Quoiqu'il soit bien tard,
auriez-vous envie de souper ? »

John regarda son compagnon, qui fit un signe
de refus.

— « Non, madame Swift, dit Hartley; seulement vous nous servirez une bouteille de votre
vieux porto, avec quelques gâteaux à thé.... Cela
nous réchauffera avant de nous coucher. »

L'hôtesse respira, car, s'il faut l'avouer, sa
maison était assez mal munie pour recevoir des
nababs.

Bientôt toute l'auberge fut en rumeur. Pendant que Jenny et la servante montaient au
premier étage afin de préparer les chambres,
Mme Swift allait elle-même à la cave et ne tarda
pas à revenir avec une bouteille d'aspect véné-
rable. On installa une petite table devant le feu et
sur cette table on déposa la bouteille avec deux
triomphantes assiettes de gâteaux secs, ainsi
que deux bougies dans des chandeliers de cuivre.
La collation avait fort bonne mine, et quand on

déboucha le flacon, un parfum, qui se répandit dans la salle, annonça que le vin devait être exquis.

Karl, en buvant du porto et en absorbant des petits-fours, ne cessait de promener autour de lui, selon son habitude, des regards inquisiteurs. John, à qui tout ce qui l'entourait était familier, reprit au bout d'un moment :

« Comment se porte le petit Samuel, madame Swift ? Ne le verrai-je pas aujourd'hui ?

— Le cher enfant est couché depuis deux heures, répliqua l'hôtesse, dont un sourire d'orgueil maternel éclaira la figure mélancolique ; il a travaillé assez tard à lire et à écrire, là dans son coin (et elle désignait une table à part couverte de livres et de papiers), car il étudie toujours.... Malgré son infirmité, il est fort avancé pour son âge.... Ah ! si son pauvre père l'avait connu !... »

Elle s'arrêta et ses yeux se mouillèrent ; mais elle ajouta aussitôt, d'un ton plus ferme :

« Vous le verrez demain matin, monsieur Hartley ; vous êtes si bon pour lui, et il vous aime tant !... Vous ne partirez pas de trop bonne heure, je pense, pour retourner aux Oaks ?

— Non, ma chère ; il faudra d'abord que j'envoie prévenir à la ferme, afin qu'on vienne

La collation avait fort bonne mine.

nous chercher avec une voiture... D'ailleurs, nous ne quitterons pas votre maison sans avoir déjeuné... Ainsi j'aurai tout le temps de voir mon ami Samuel.

— Il en sera bien heureux, Votre Honneur, quoiqu'il ne puisse exprimer, comme les autres, ce qu'il sent et ce qu'il comprend.

— Croit-on qu'en grandissant il recouvre la parole?

— Hélas! non... Le médecin dit qu'une forte émotion serait peut-être capable d'opérer ce miracle; moi, je n'espère plus[1].

— Voilà mon ami, M. Karl, dit John en regardant le médium, qui nous donnera un bon conseil sur ce point, et nous en causerons plus tard... Mais j'y songe, madame Swift, vous rappelez-vous encore le nom du navire sur lequel votre mari se trouvait au moment du naufrage?

— Ce nom est gravé dans notre mémoire en lettres de sang, répliqua l'hôtesse avec un profond soupir; le navire s'appelait le *Kirbeck*.

— Le *Kirbeck!* répéta Karl avec un tressaillement involontaire, qui n'échappa point à Mme Swift.

1. Voyez la note à la fin du volume.

— En avez-vous entendu parler, monsieur ?

— Non, répondit Karl en recouvrant son sang-froid ; c'est la première fois qu'on prononce ce mot en ma présence.

— Les journaux de tous pays, dit John, se sont pourtant occupés de cette grave affaire, et je me souviens d'en avoir lu les détails quand j'étais encore dans l'Inde... Il paraît qu'un coquin, après avoir fait assurer le navire pour une somme considérable, quoique la cargaison fût de nulle valeur, avait placé à bord ce qu'on appelle « un rat », sorte de machine infernale, munie d'un mouvement d'horlogerie, qui, après quelques jours de mer, éclate et fait périr le navire. Par une cruelle fatalité, M. Swift avait pris passage sur ce bâtiment... Mais on dit que le scélérat qui a commis ce crime, est encore recherché par la police et on finira bien par le trouver... Comptez-y, madame Swift, il sera, tôt ou tard, pris et pendu !

— Ce sera pour moi la seule joie que je puisse trouver dans ce monde, » dit Mme Swift en fixant par hasard ses regards sur le spirite.

Pendant cette conversation, Karl paraissait mal à l'aise et baissait la tête. Mme Swift, qui sentait l'émotion lui monter à la gorge, changea d'entretien et demanda au nabab ses instructions pour le lendemain matin. John s'empressa de les lui donner.

« Ah ! Votre Honneur, lui dit alors l'hôtesse, ce sera une grande joie aux Oaks lorsqu'on va vous voir revenir ! Tout le monde vous adore là-bas... Vous êtes si bon, si généreux ! Quand vous partez, on se désole ; quand vous arrivez, on se réjouit... Et la jolie miss Néridah, votre fille, ne reviendra-t-elle pas aussi ?

— Non, répliqua brusquement John, elle reste à Londres. »

Et une vive rougeur, qui n'échappa point à Karl, couvrit sa figure.

« C'est dommage... Tous vos anciens serviteurs, qui ont connu sa mère, raffolent d'elle et disent qu'elle ressemble trait pour trait à Mme Suzanne... Il n'est pas, dans l'immense personnel que vous employez à la ferme des Oaks, un homme, une femme ou un enfant qui ne vous soit dévoué jusqu'à la mort... Oui, il ne serait pas prudent là-bas de tenter quelque chose contre vous !... Celui qui l'essayerait risquerait de se faire écharper ! »

En parlant ainsi, Mme Swift, soit par hasard, soit à dessein, jetait encore un regard oblique sur Karl, dont la mine sournoise ne lui plaisait

pas, surtout depuis qu'il avait tressailli en entendant parler du *Kirbeck*.

Jenny et la vieille servante rentrèrent pour
annoncer que les chambres étaient prêtes ; et
comme les voyageurs se sentaient fatigués, ils
demandèrent à se retirer sur-le-champ. Mme Swift
voulut elle-même les installer et, les précédant
avec deux flambeaux, elle les fit monter au premier étage.

La grande chambre, destinée au nabab, était
assez confortable. Quant à la chambre Verte, où
l'on avait transporté la malle de Karl et où il devait coucher, elle était des plus simples ; mais elle
était contiguë à celle de John, comme Mme Swift
l'avait annoncé. D'un coup d'œil, le médium reconnut qu'il existait une porte peu apparente, par
laquelle on pouvait sans doute communiquer
avec cette pièce de la voisine. Ces dispositions
convenaient au spirite, qui se montra satisfait
de son logement, et Mme Swift, après s'être
assurée que rien ne manquait à ses hôtes, se
retira.

Karl était préoccupé, comme impatient ; il allait
prendre congé du nabab, quand celui-ci lui dit :

« Ne pensez-vous pas, maître, que je pourrais
avoir encore cette nuit quelque manifestation de
Suzanne ? »

Karl retint avec peine un sourire de mépris ; néanmoins il répondit gravement :

« Je l'ignore, Hartley. Il me semble pourtant peu probable que l'Esprit de Suzanne, qui a désiré ce voyage et qui vous a accompagné pendant le chemin, tarde beaucoup à vous faire connaître ses volontés.... Je suis très las, et je ne peux rien, en ce moment, pour provoquer des manifestations ; mais soyez attentif à tout ce que vous verrez et à tout ce que vous entendrez ; car ma science ne va pas jusqu'à vous dire comment Suzanne s'y prendra pour vous faire savoir, soit ce qu'elle attend de vous, soit ce que vous avez à attendre d'elle. »

Il souhaita le bonsoir au nabab et entra dans sa chambre, dont il ferma avec soin la porte extérieure.

John ne tarda pas à se coucher et à éteindre sa lumière, espérant peut-être voir apparaître Suzanne. A son grand regret, Suzanne n'apparut pas et, vaincu par la fatigue, il finit par s'endormir.

Karl s'était couché aussi ; mais c'était moins pour se reposer que pour se recueillir.

« Hum ! pensa-t-il, l'air de ce pays ne paraît pas me convenir ! Tout le monde ici est à la dévotion d'Hartley, et si je faisais la moindre impru-

dence, la moindre fausse démarche, je serais
« écharpé », comme disait cette Mme Swift ! Elle-
même ne me veut pas de bien, et si elle savait...
Décidément la ferme des Oaks pourrait devenir
pour moi un véritable guêpier.... J'ai besoin que
personne ne contrôle ma conduite, que l'on n'ob-
serve pas de trop près mes allées et mes venues...
Diable ! comment me tirer de là ? Il faut que j'emploie cette nuit d'une façon utile. Peut-être pour-
rai-je tirer parti de cette porte de communication
que j'ai découverte, ma foi ! fort à propos....
Décidément, quoi qu'en disent certains philosophes de ma chère patrie, je commence à croire
à la Providence. »

Il ferma les yeux pour mieux se reposer, toutefois sans se livrer au sommeil et en songeant
à l'exécution de ses projets.

CHAPITRE IV

Une lettre d'outre-tombe.

Le lendemain matin, au petit jour, Karl allait et venait sans bruit dans sa chambre. A demi vêtu pour être plus alerte, il avait soulevé le couvercle de la fameuse malle, fermée habituellement par une double serrure, et il s'occupait d'une mystérieuse besogne. Son travail terminé, il entr'ouvrit, avec des précautions extrêmes, la porte de communication entre sa chambre et celle de John. Le nabab dormait profondément

derrière ses rideaux, comme on pouvait en juger
à sa respiration forte et prolongée, et c'était à
peine si les premières lueurs matinales péné-
traient dans cette chambre. Karl, se courbant à
demi, marcha en silence, grâce au vieux tapis qui
couvrait le plancher. Il s'approcha d'une table
sur laquelle il déposa quelque chose; puis, usant
des mêmes précautions, il revint vers la porte,
qu'il ferma et barricada de nouveau. Tout cela
s'était fait avec les mouvements souples, le pas
furtif d'un chat qui médite un larcin; et la respiration toujours régulière et cadencée de John,
témoignait qu'il ne pouvait avoir conscience de
ce qui se passait.

Comme, à raison des fatigues de la veille, le
nabab ne devait pas sans doute s'éveiller de si tôt,
Karl semblait n'avoir rien de mieux à faire que
de se recoucher pour attendre une heure plus
avancée. Avant de prendre ce parti, il se dirigea
vers sa fenêtre, qu'il ouvrit en silence, comme
s'il voulait respirer les fraîches émanations de
la campagne.

Cette fenêtre donnait sur le jardin de l'auberge, maigre potager où, parmi de vulgaires
légumes, poussaient quelques fleurs, dont les
dames Swift prenaient soin elles-mêmes; mais,
par-dessus la haie d'aubépine, l'œil embrassait

l'immense paysage que le médium avait seulement entrevu, la soirée précédente.

Maintenant un ciel clair, resplendissant des
clartés de l'aurore, ne laissait aucun détail
ignoré. Des champs plantureux, de vertes prai-
ries, avec çà et là quelques fermes et quelques
cottages, s'étendaient à perte de vue. Mais ce qui
d'abord attirait l'attention, c'était le château de
la reine Edith, situé, comme nous savons, à
quelques centaines de pas seulement de l'auberge. Au grand jour, il n'avait une mine ni
moins refrognée, ni moins lugubre que la nuit.
Ses murs noirs, ses fenêtres, ou petites comme
des meurtrières ou grandes comme des croisées
d'église, ses tourelles couvertes de lierre, ses
massives toitures, formaient un ensemble fort
intéressant pour un archéologue ou un artiste,
mais fort peu séduisant pour un citadin. Il était
flanqué d'un parc tout plein d'arbres séculaires,
qui projetaient à l'entour des teintes sombres, et
dans lesquels croassaient d'innombrables cor-
beaux.

Karl regarda longtemps ce maussade édi-
fice, comme s'il avait des motifs pour en faire
une étude particulière; puis ses yeux se portè-
rent vers des constructions, beaucoup plus éloi-
gnées, qui présentaient un aspect tout différent.

Ces constructions, symétriquement groupées, étaient blanches, bien tenues, séparées par de vastes cours; tout y annonçait l'abondance et la richesse. Malgré la brume transparente, que le soleil allait dissiper, Karl reconnut la belle ferme des Oaks, célèbre dans toute la contrée.

Il l'examina longuement à son tour, puis il murmura, d'un air de réflexion :

« Oui ! oui, j'ai été bien inspiré... Là-bas, au milieu de ces gens qui *lui* sont dévoués corps et âme, on m'eût suscité des embarras continuels... Il faut que je *le* tienne sous ma main, que je *le* soustraie aux influences contraires... Allons! tout est pour le mieux !

« J'ai eu, dès hier soir, l'heureuse inspiration de jeter dans son âme quelques idées qui assurent l'effet de mes plans. Il est tout préparé à recevoir d'en haut, par un moyen magique, l'ordre formel de se rendre acquéreur du château de la reine Edith... Il y aura gros à gagner sur le prix qu'on lui fera payer ce tas de vieilles pierres; puis il faudra mettre ces pièces délabrées en état de recevoir, ensuite nous nous occuperons de l'ameublement !

« Ce que c'est que l'intelligence des situations ! J'ai mis la main sur un vrai filon d'or que je m'amuserai à exploiter en attendant le jour, prochain

sans doute, où je finirai adroitement par mettre la main sur la précieuse mine tout entière ! »

Il se disposait à quitter la fenêtre, quand un
bruit léger se fit au-dessous de lui dans le jardin.
Il chercha des yeux qui pouvait s'y promener à
cette heure matinale, et il aperçut un jeune garçon,
de dix à douze ans, mis avec propreté. C'était un
charmant enfant, à la carnation rosée, à l'œil
brillant d'intelligence, aux cheveux blonds et
bouclés. Karl devina Samuel Swift, le petit muet
dont on lui avait conté l'histoire.

Samuel parcourait le jardin pour faire un bouquet, et, sans s'inquiéter des gouttes de rosée
qui coulaient en perles liquides sur ses vêtements, sur ses mains, sur son visage, il sacca-
geait rosiers, giroflées et dahlias. Il tenait déjà
une grosse gerbe de fleurs et l'arrangeait avec
goût, comme s'il avait l'intention de les offrir à
une personne chérie et respectée.

Karl observait avec curiosité les mouvements
du petit Samuel, quand celui-ci leva la tête par
hasard. En apercevant l'étranger, il resta immobile et le regarda fixement avec ses beaux yeux
bleus; puis il sourit, s'inclina avec grâce et lui
envoya un baiser du bout des doigts.

Ce n'était là sans doute qu'un acte de politesse

du petit muet envers un voyageur logé à l'auberge
du Cygne ; mais Karl, si peu accessible qu'il fût
à certaines impressions, en éprouva beaucoup de
trouble. Sans paraître avoir remarqué la présence de l'enfant, il se retira précipitamment de
la fenêtre qu'il referma, et il alla de nouveau se
jeter sur son lit.

Dormit-il ou non ? nous ne saurions le dire ;
mais plus d'une heure s'était écoulée, lorsque
John, qu'on entendait depuis quelques instants
s'agiter dans sa chambre, frappa vivement à la
porte de communication, en appelant à haute
voix. Karl eut l'air de s'éveiller.

« Me voici, monsieur Hartley, dit-il en bâillant
bien fort ; une minute, je vous prie ! Est-il donc
si tard ? J'étais fatigué, et le sommeil...

— Venez, venez ! répéta John qui paraissait
être sous le coup d'une vive émotion.

— Un peu de patience ! le temps de m'habiller. »

Il ne se pressa pas trop, et, pendant qu'il va-
quait à sa toilette, on eût pu voir sur son visage
cette expression de mépris et d'ironie qui s'y
montrait parfois. Néanmoins, lorsqu'il eut déver-
rouillé la porte bruyamment et qu'il fut entré
chez le nabab, ses traits avaient repris leur gravité
ordinaire.

Il trouva John habillé, un papier à la main.

« Eh bien ! monsieur Hartley, demanda-t-il, qu'est-ce donc ? Auriez-vous eu quelque manifestation nouvelle ?

— Je n'en sais rien, maître ; le fait est que j'ai dormi profondément cette nuit... Mais voyez ce que j'ai trouvé sur ma table ; cela n'y était pas certainement hier au soir ! »

En même temps il présentait le papier à Karl.

Ce papier était encadré de noir, avec des têtes de mort gravées au quatre coins. Karl le prit, et après y avoir jeté un coup d'œil, il dit avec assurance :

« C'est une lettre des Esprits.

— Une lettre !... Mais regardez donc : sauf ces dessins, la page est toute blanche.

— Je vous ai dit, Hartley, répéta sentencieusement Karl, que les Esprits ont des moyens bizarres de faire comprendre leurs volontés ; mais il appartient au médium de rendre perceptible ce qui est caché aux yeux des mortels... Je vais essayer de mon pouvoir. »

Après avoir prononcé ces paroles d'un ton solennel, il jeta avec affectation les yeux autour de lui, et aperçut, comme par hasard, sur la cheminée un flacon de cristal, qui ressemblait à une carafe, et que Mme Swift pouvait très bien y

avoir placé, car il était plein d'un liquide parfaitement limpide, transparent, ressemblant à
de l'eau pure.

Il prit ce flacon, le plaça entre son œil et
le jour pour mieux l'examiner, feignit d'en
verser dans un verre quelques gouttes, qu'il
parut avaler et déguster avec un soin minutieux.

« C'est de l'eau, de l'eau pure, dit-il à John,
qui d'un œil anxieux suivait ses moindres mouvements ; mais je sais le moyen de donner à
cette eau les vertus d'un talisman merveilleux.
Par ce moyen la volonté des Esprits se manifestera sur cette page blanche, que sans doute
une main surnaturelle a placée cette nuit dans
un endroit où elle ne pouvait manquer d'attirer
vos regards. Je suis certain du succès de mon
invocation, s'il est vrai que cette feuille soit
venue ici pendant la nuit, et si vous êtes bien
sûr de ne point l'avoir vue en cet endroit hier
au soir. »

Il posa le flacon devant lui et fit dessus des
passes magnétiques avec ses deux mains ou-
vertes. Puis, voyant John attentif, il leva les bras
vers le ciel et dit d'une voix forte :

« *Abramasisélech—Abrahamouselousse—Abra-
hamasiselich.* »

Il y eut un nouveau silence ; après quoi, il tourna sur lui-même, en appelant :

« Suzanne Hartley !... Suzanne !... Suzanne ! »

Ces cérémonies terminées, il laissa couler sur le papier blanc quelques gouttes du liquide contenu dans le flacon[1]. Aussitôt, ô prodige ! le papier se couvrit de caractères d'un roux pâle, mais nets et distincts, qui semblaient former une lettre. A peine cette espèce de revivification était-elle complète que, soit par hasard, soit à dessein, le flacon tomba par terre et se brisa.

Karl tendit le papier à John.

« Lisez, dit-il ; ceci est pour vous. »

Le nabab tremblait tellement, que le papier faisait entendre un frémissement continu. A peine y eut-il jeté un regard, qu'il s'écria :

« Grand Dieu ! c'est encore l'écriture de Suzanne !

— Lisez, répéta le médium. »

La lettre contenait ces mots :

« Mon cher John,

« Je suis satisfaite du parti que tu as pris au « sujet de cette enfant étrangère. Maintenant, « achète le vieux château de la reine Edith ; je

1. Voyez la note à la fin du volume.

« me suis toujours plu à l'ombre de ses vieilles
« tours, si chères aux Esprits. C'est là désormais
« que je me manifesterai librement à toi.

« Ta SUZANNE HARTLEY. »

John se jeta à genoux :
« J'obéirai... j'obéirai, Suzanne ! s'écria-t-il en
s'adressant à un être invisible. »

Karl restait à l'écart, comme par discrétion.
John se leva et vint à lui :

« Elle m'approuve, dit-il, et elle m'ordonne
d'acheter le château de la reine Edith... Lisez vous
même. »

Le médium prit la lettre ; mais, à mesure que
l'eau qui imprégnait le papier se séchait, les caractères devenaient de plus en plus pâles, et ils
finirent par s'effacer. Bientôt, sauf les têtes de
mort gravées aux quatre coins, Karl n'eut plus
entre les mains qu'une page blanche.

Ce nouveau prodige fit ouvrir de grands yeux
à Hartley.

« Il paraît, dit le médium, que cette communication était pour vous seul... Mais n'importe ; vous
savez à présent quels sont les ordres de l'Esprit ;
vous aurez à cœur de vous y conformer.

— Je crois bien !... Et tenez, le sollicitor Lecoss,

Il versa quelques gouttes de ce liquide.

chargé de la vente du château, demeure à deux pas d'ici... Nous ne retournerons pas à la ferme des Oaks, que je n'ai terminé cette acquisition.

— Prenez garde de vous montrer trop vite, dit Karl d'un ton léger; ce sollicitor doit être un aigrefin; en voyant que vous, le plus riche propriétaire du pays, vous désirez posséder cette masure, il vous rançonnera à plaisir.

— Il ne saurait en demander plus de quatre mille livres, somme de la dernière mise à prix...

— Si pourtant il exigeait davantage?

— J'achèterais toujours, puisque c'est le vœu de ma bien-aimée Suzanne... Cependant vous avez raison, cher maître; il vaudrait mieux que je ne me montrasse pas d'abord... Eh bien! pourquoi vous, en qui j'ai la plus absolue confiance, n'iriez-vous pas trouver Lecoss sur-le-champ et ne traiteriez-vous pas avec lui les conditions de la vente? J'interviendrais pour le payement. »

C'était là le vœu secret du médium, qui détourna la tête afin de cacher un sourire de satisfaction. Toutefois il répondit assez froidement:

« Quoique je n'entende pas grand'chose à ces sortes de négociations, je ne veux pas vous désobliger, mon cher John.. Je vais me rendre chez le sollicitor... Seulement il est bien entendu, n'est-ce pas, que vous me donnez carte blanche, et que je dois acheter à tout prix?

— Oui, à moins que Lecoss, un véritable aigrefin, comme vous dites, n'ait des prétentions tellement exorbitantes... Mais je ratifierai vos conventions quelles qu'elles soient.

— A la bonne heure... je pars à l'instant. »

Et Karl s'empressa de regagner sa chambre pour se disposer à sortir.

Pendant que John, de son côté, achevait sa toilette, on gratta timidement à la porte ; à peine eut-il prononcé le mot *entrez*, que cette porte s'ouvrit. Samuel, le petit muet que nous connaissons déjà, s'avança tout rouge de plaisir et de confusion, tenant un bouquet à la main. Derrière lui, dans l'ombre de l'escalier, on entrevoyait Mme Swift, qui le suivait des yeux avec une complaisance maternelle.

La vue de ce bel enfant rasséréna les idées de John, qui venait d'éprouver de si fortes émotions.

« Ah! c'est toi, mon ami Samuel! dit-il d'un ton de bonté ; sois le bienvenu. »

Le muet s'inclina avec grâce, prit la main du nabab, sur laquelle il déposa un baiser, et, toujours rougissant, il lui présenta sa gerbe de fleurs.

A la plus grosse rose du bouquet un petit pa-

pier était fixé par une épingle. Dans ce papier
Samuel avait écrit lui-même, d'une belle et cor-
recte écriture :

« J'offre ces fleurs à M. Hartley, en signe de
« respect et d'affection. »

« Merci, mon garçon, » fit John avec bonhomie
en enlevant l'enfant dans ses bras et en lui donnant deux gros baisers.

Puis il prit le bouquet et le flaira d'un air de
plaisir.

Samuel paraissait tout heureux et tout fier de
cet accueil. Sa mère entra à son tour :

« L'idée est de lui seul, Votre Honneur, dit-elle
à Hartley; ce matin, en se levant, quand il a
appris votre arrivée à l'auberge du Cygne, il a
couru au jardin, et il attendait avec impatience
votre réveil.... Le pauvre petit vous aime et c'est
une fête pour lui de vous voir chez nous.

— Et moi, je m'intéresse beaucoup à lui, madame Swift, répliqua John; allons! il peut se
faire que je passe quelque temps près d'ici,
et vous me le donnerez de temps en temps....
Je veux m'occuper de l'avenir de Samuel, qui le
mérite si bien, et par lui-même, et par l'honnête
famille à laquelle il appartient, madame Swift. »

La mère remercia avec effusion, et John, en
passant sa main dans la chevelure bouclée du

petit muet, s'informa amicalement des affaires
de l'auberge. Mme Swift se lamentait, comme à
l'ordinaire, quand une voiture s'arrêta devant la
maison, et on se hâta de descendre.

Cette voiture, moitié calèche, moitié char-à-
bancs, venait de la ferme des Oaks, où, dès le
matin, on avait appris la présence de John à
l'auberge du Cygne. Le cocher et le valet de
pied ne portaient pas de livrée comme les domestiques attachés à l'hôtel d'Hartley, mais ils té-
moignèrent la plus grande joie de revoir leur
maître, pour lequel ils avaient un dévouement
sans bornes. L'un d'eux remit à John un télégramme, arrivé la veille au soir, et que l'on se
disposait à lui expédier à Londres.

Le nabab déchira l'enveloppe et lut rapidement.
La dépêche était de son frère Henry, qui lui annonçait que « Néridah, poussée par les mauvais
« traitements dont elle avait été l'objet, était
« venue chercher asile chez lui, HENRY HARTLEY. »

John froissa le papier avec colère.

« C'est bon, murmura-t-il ; puisqu'elle y est,
qu'elle y reste ! »

Il monta dans sa chambre, demanda ce qu'il
fallait pour écrire et traça ce peu de mots :

« J'approuve que Néridah demeure chez mon
frère Henry Hartley jusqu'à nouvel ordre. »

Il signa ce billet; puis il prit son livre de chè-
ques, formula un bon de mille livres sterling à
l'ordre du docteur, et glissa le tout dans une
enveloppe, qu'il referma avec soin.

Alors il demeura pensif, l'œil fixé sur la lettre
qui était sur la table, et une grosse larme mouilla
sa joue.

Au bout d'un moment, il tressaillit, essuya la
larme d'un revers de main et, regardant autour
de lui avec épouvante, il dit tout haut :

« Pardonne-moi, Suzanne ; pardonne-moi ma
faiblesse pour cette misérable enfant, que tu as
tant aimée toi-même autrefois... Je t'obéirai... je
t'obéirai, je te le jure ! »

Il attendit, comme s'il espérait une réponse
quelconque de l'être invisible auquel il s'adressait ; mais la réponse ne vint pas, et il se hâta
de redescendre.

« Dikson, commanda-t-il au valet de pied,
portez ceci sur-le-champ au bureau de poste de
la station, et veillez à ce que cette lettre arrive
aujourd'hui même à Londres.

— Je pars, monsieur, répliqua le domestique ;
mais auparavant, Votre Honneur, pourriez-vous
me dire si nous ne verrons pas bientôt aux Oaks
la gentille miss Néridah ?

— Allez au diable ! » s'écria John avec violence.

Le pauvre Dikson n'était pas habitué à être
traité ainsi et il demeura consterné. Les assistants, parmi lesquels se trouvaient les dames
Swift, ne comprenaient rien à cette colère subite
de John, toujours si doux et si bienveillant.
Néanmoins nul n'osa souffler ; le domestique
partit comme un trait et se rendit à la station.

Un léger déjeuner avait été préparé pour le
nabab et pour son ami dans le « parloir » de l'auberge. Comme on venait annoncer à John que
tout était prêt, Karl arriva triomphant.

« L'affaire est terminée, Hartley, dit-il ; ah ! par
exemple, ce n'a pas été sans peine... Ce sollicitor,
comme je m'y attendais, est bien le coquin le
plus madré, le plus tenace...

— Vous n'avez pas commis la faute, Karl, de
lui apprendre que vous agissiez pour moi ?

— Eh ! comment faire autrement, monsieur ?
Quand j'ai eu décliné mes noms et qualités, il
m'a ri au nez et a voulu me mettre à la porte...
Il a bien fallu m'autoriser de votre nom... Alors
le marché s'est conclu, non sans peine pourtant...
Voici l'engagement de M. Lecoss, le sollicitor...
Il se rendra aujourd'hui même à la ferme des
Oaks pour vous apporter les titres de propriété
et recevoir l'argent. »

En même temps, il remit à John un papier, que le nabab parcourut rapidement.

« Six mille livres sterling[1] ! s'écria-t-il ; c'est un vol abominable !... On avait parlé de quatre mille, et ces vieilles ruines croulantes ne valent pas davantage.

— Je conviens que le fripon de sollicitor a abusé de la situation... Mais ne m'aviez-vous pas ordonné d'acheter à tout prix ?... Et puis, ajouta Karl en baissant la voix, oubliez-vous que c'est l'ordre exprès de Suzanne ?

— Vous avez raison... Tout est bien. »

Ce que ne disait pas Karl, c'est qu'il s'était entendu secrètement avec le sollicitor, aussi fripon que lui. Sur les six mille livres sterling que John devait payer, mille étaient pour l'homme d'affaires et mille autres pour le médium.

John et Karl se mirent à table et expédièrent lestement le déjeuner. Ensuite on prit congé de l'hôtesse et on se dirigea vers la voiture qui stationnait devant la maison et dans laquelle Karl voulut installer lui-même la fameuse malle dont, en homme prudent, il ne voulait se séparer sous aucun prétexte. Mme Swift et sa sœur Jenny, ainsi que le petit Samuel, accompagnèrent les voyageurs jusqu'au seuil de la porte.

1. Voyez la note à la fin du volume.

« Adieu, mes bonnes dames, dit John d'un ton amical; nous nous reverrons peut-être plus tôt et plus fréquemment que vous ne pensez; car mon ami Karl, l'illustre médium, et moi, nous allons devenir vos plus proches voisins.... J'espère que Samuel me fera de nombreuses visites quand j'habiterai le château de la reine Edith.

— Le château de la reine Edith! s'écria l'hôtesse; miséricorde! Votre Honneur, quitteriez-vous la belle ferme des Oaks pour venir vous fixer dans cette lugubre masure, où les revenants et les diables font sabbat toutes les nuits?

— C'est bon, c'est bon! madame, répliqua John en souriant; s'il y a des revenants et des diables, voici M. Karl qui saura bien les mettre au pas... Mais, adieu, encore une fois. »

Il donna un ordre et la voiture partit.

Les deux dames et le petit muet la regardaient s'éloigner.

« Je n'aime pas, dit miss Jenny en faisant la moue, ce gentleman à figure sournoise qui accompagne M. John Hartley, et j'ai dans l'idée qu'il ne lui veut aucun bien.

— Et moi, Jenny, dit la veuve, j'ai dans l'idée qu'il lui veut beaucoup de mal... Mais nous ne pouvons rien, pauvres femmes que nous sommes, pour des gens si haut placés ! Fions-nous à la bonté de Dieu. »

Le petit Samuel, en voyant disparaître « son ami » John, secouait tristement la tête, comme si tout n'allait pas bien, selon sa naïve intelligence.

CHAPITRE V

Un traité d'alliance.

Huit jours environ s'étaient écoulés depuis l'arrivée de John Hartley et du spirite Karl dans le Rutlandshire, et des changements de grande importance avaient eu lieu dans le vieux château de la reine Edith ; mais, avant de les faire connaître au lecteur, nous devons raconter ce qui se passait à l'auberge du Cygne, par une soirée sombre et pluvieuse, comme celle où John et son soi-disant ami y étaient venus.

Il se faisait tard ; la vieille servante allait barricader la porte de l'auberge, quand un homme enveloppé d'un ample manteau et tenant à la main une légère valise, entra d'un pas délibéré.

« Je peux sans doute loger chez vous, mesdames ? » demanda-t-il aux dames Swift qui travaillaient à un ouvrage de couture près de la lampe.

Les deux sœurs examinèrent avec attention le nouveau venu. Sa voix était jeune, fraîche, sympathique ; mais il y avait dans sa personne quelque chose de mystérieux qui pouvait exciter la défiance.

« Monsieur, dit l'hôtesse froidement, si vous avez affaire au château de la reine Edith, comme beaucoup de gens qui ont passé par ici ces jours derniers, il n'est qu'à deux pas, et vous pourrez vous y loger... avec beaucoup d'autres, car la place n'y manque pas.

— Je ne vais pas à ce château, répliqua l'inconnu ; je m'appelle Robesson, et je suis un sous-ingénieur chargé d'étudier le nouvel embranchement de chemin de fer qui conduira de votre station à Peterborough. Je compte demeurer à l'auberge du Cygne pendant tout le temps que dureront mes travaux dans le voisinage.

— Ah ! s'il en est ainsi, dit l'hôtesse dont le

isage se dérida, c'est bien différent... Soyez le
ienvenu, quoique les chemins de fer ne soient
uère en honneur chez nous. »

Et la bonne dame ne put retenir un soupir.

« Eh bien ! monsieur Robesson, puisque c'est
insi qu'on vous nomme, asseyez-vous au coin
u feu... Sarah, poursuivit-elle en s'adressant à
a servante, vous allez mettre des draps au lit
e la chambre Verte. »

Sarah prit une lumière et monta à l'étage su-
érieur.

Alors le voyageur se débarrassa de son man-
eau mouillé, et on put voir un homme leste et
ien pris, vêtu convenablement, quoique avec
implicité. Il ôta de même un chapeau à larges
ords, qui cachait une partie de son visage, et
e grosses lunettes bleues qui couvraient ses
eux. Maintenant il ne paraissait pas avoir plus
e vingt-cinq ans, quoiqu'il portât sa barbe en-
ière et que son teint fût fortement basané.

Ce changement à vue frappa les deux dames ;
'ailleurs, le sous-ingénieur les regardait en
souriant, d'un air de connaissance.

« Bonté divine ! s'écria enfin la veuve Swift en
oignant les mains, est-ce que vous seriez...

— Oui, oui, ma sœur, tu ne te trompes pas,
s'écria Jenny à son tour en rougissant ; c'est

bien M. Alfred Hartley, que nous avons vu tout enfant, lorsqu'il venait passer ses vacances chez sa tante, Mme Suzanne Hartley, à la ferme des Oaks! »

Alfred, car c'était lui, tendit aux hôtesses chacune de ses mains.

« Chut! chut! répliqua-t-il à voix basse; pour vous, en effet, je serai Alfred Hartley, votre ami, comme autrefois; mais pour tout le reste du pays, même pour vos gens, je ne veux être que le sous-ingénieur Robesson.

— Vous verrez du moins, dit la veuve Swift, votre oncle John, qui en ce moment réside au château?

— Mon oncle me croit encore au fin fond de l'Inde, et il doit plus que personne ignorer ma présence ici... Vous le voyez, j'ai confiance en vous, ne me trahissez point! Il y va des plus graves intérêts. »

Les deux femmes continuaient de le regarder avec stupéfaction, ne sachant que penser. Mme Swift reprit enfin :

« Il ne peut y avoir là-dessous qu'une chose louable, monsieur Alfred, car vous avez toujours été un franc et brave garçon... Aussi, combien mon pauvre mari vous aimait! Te souviens-tu, Jenny, qu'un jour nous le trouvâmes jouant à

On put voir un homme leste et bien pris.

la balle avec M. Alfred, comme deux vrais éco-
liers?... Le cher homme était d'humeur si gaie,
si heureuse ! »

La veuve, à ce souvenir, versa quelques larmes, et Jenny ne put retenir les siennes.

« Je sais, mes chères dames, dit Alfred avec
émotion, que vous avez été cruellement éprou-
vées depuis mon départ, et je connais tous les
détails de la catastrophe... Si ce peut être une
consolation pour vous, apprenez que la mort
du pauvre Swift sera vengée sans aucun doute.
Je suis précisément chargé par la Compagnie
maritime, à laquelle appartenait le *Kirbeck*, de
rechercher en Angleterre, où il s'est retiré, un
misérable Allemand, nommé Marc Fehrenbach,
qui est soupçonné d'avoir mis à bord le « rat »,
cette machine infernale à laquelle est due la
perte du navire. Un procès est pendant, depuis
plusieurs années, relativement à l'assurance du
bâtiment qui a péri, et on a le plus grand intérêt
à retrouver ce scélérat de Fehrenbach. J'ai vu à
Londres le chef de la police, qui a déjà recueilli
des indications précieuses, et moi-même je dois
faire certaines recherches dans le Rutlandshire. »

Les deux femmes frémirent.

« Dans notre pays ! s'écria la veuve ; comment !
il serait possible que ce monstre...

— Je n'ai encore que des soupçons... Mais
ces soupçons venaient à se réaliser, j'aurais u
double motif pour le poursuivre de toute mo
énergie. »

Les deux sœurs ne comprenaient rien au
paroles d'Alfred et allaient demander des expli
cations, quand Sarah revint annoncer que l
chambre du voyageur était prête.

« Eh bien, ma chère, lui dit Mme Swift, vou
pouvez vous retirer. Si M. Al..., monsieur l'ingé
nieur Robesson désire manger un morceau
Jenny et moi, nous le servirons nous-mêmes.

— Oh ! madame, répliqua le faux ingénieu
tranquillement, une tranche de *corned beef* [1] e
un verre d'ale me suffiront. »

La servante, ainsi congédiée, dit bonsoir et
sortit. Les deux sœurs s'empressèrent de mettre
sur la table la viande froide et l'ale demandées.

« Cette Sarah est une honnête créature, dit la
veuve, mais elle bavarde aisément et il faut se
défier d'elle... comme du reste, en matière aussi
grave, il faut se défier de tout le monde... Ah !
si mon pauvre Swift pouvait être vengé, ce
serait presque une consolation pour nous ! »

Alfred se mit à table et mangea avec appétit

---

1. Voyez la note à la fin du volume.

les mets modestes qu'on lui présentait, ce qui parut faire plaisir à ses hôtesses. Toutefois il fut bientôt rassasié, et tirant une cigarette d'un bel étui d'ivoire, finement sculpté par un ouvrier chinois, il reprit d'un ton confidentiel ;

« Vous êtes, mesdames Switf, des amies de ma famille, et je vous parlerai sans réserve. Je viens ici, avec l'assentiment de mon père, le docteur Hartley, et de ma chère petite cousine Néridah, protéger mon pauvre oncle John contre certains intrigants de la plus dangereuse espèce. Il les a rencontrés pour son malheur dans des circonstances encore inexpliquées et ils le dominent avec une habileté diabolique. Si je n'y réussis pas, John, qui a déjà repoussé son frère, renié et chassé sa fille, ne tardera pas à succomber lui-même sous les machinations de ces misérables. »

Cette communication, faite avec cordialité, impressionna vivement les deux sœurs.

« Ah! monsieur Alfred, s'écria la veuve, j'avais soupçonné, en vous voyant, quelque chose de pareil. Oui, votre oncle, malgré son énorme fortune, a grand besoin qu'on le protège. Il s'est arrêté une nuit ici, avec un gentleman qui le suit comme son ombre et qui est sans doute de ceux dont vous parlez. »

Alfred ayant fait un signe d'assentiment, la bonne dame reprit :

« En vérité, la figure de ce gentleman, qu'on appelle M. Karl, ne plaisait pas plus à Jenny qu'à moi ! C'est ce Karl qui a décidé M. Hartley à acheter ce château de la reine Edith, un nid de hiboux, où il dépense en ce moment les yeux de la tête... Depuis plusieurs jours, il y arrive des fourgons chargés de meubles magnifiques, mais baroques ; ce ne sont que tapissiers et ouvriers qui travaillent sans cesse, et notre petit Samuel, qu'on vient chercher de la part de votre oncle, ne sait parfois où se réfugier. Nous avions bien deviné quelque chose de vilain derrière tout ce mouvement extraordinaire ; mais nous n'aurions jamais pu supposer... Et vous dites que M. John est brouillé avec son frère, qu'il ne veut plus voir sa belle petite Néridah ?

— Il a l'esprit momentanément égaré, madame Swift ; et c'est parce que le danger est pressant que vous me voyez ici. Je vais me mettre à l'œuvre, afin de confondre et de châtier les intrigants qui exploitent mon malheureux oncle. Ils ont déjà failli le tuer par une attaque d'apoplexie qu'ils avaient provoquée, et leur unique occupation est de lui troubler la cervelle. Pour accomplir ma tâche, j'aurai besoin que mes

amis et ceux de ma famille me prêtent assistance ; la vôtre m'est-elle assurée, mesdames
Swift ?

— De tout notre cœur, monsieur Alfred, répliqua la veuve ; n'est-il pas vrai, Jenny?... et dès
que nous saurons comment nous pouvons nous
rendre utiles...

— D'abord en ne révélant à personne ici mon
nom véritable ; le reste viendra suivant les circonstances. Je dois d'autant plus compter sur
votre concours à l'une et à l'autre que, selon
toute apparence, Karl, le plus mortel ennemi de
mon oncle, est précisément ce Marc Fehrenbah, le
scélérat qui a causé la mort de l'ingénieur Swift.

— En êtes-vous sûr ? demanda la veuve, dont
les traits prirent tout à coup une expression farouche.

— Si j'en étais sûr, un warrant serait déjà
lancé contre le brigand ; mais on découvrira
des preuves, j'en ai la certitude, et justice sera
faite promptement, pourvu que cet infâme assassin ne prenne pas l'alarme et ne détale pas avant
le moment où l'on pourra l'appréhender au corps.
Il est, dit-on, d'une habileté sans pareille pour se
grimer[1], se déguiser et dépister toutes les re-

1. Voyez la note à la fin du volume.

cherches... En attendant, il importe que je délivre mon oncle des enlacements de cette vipère...,
Eh bien! mes dignes dames, puisque nous avons
un égal intérêt à surveiller le prétendu Karl,
soyez assez bonnes pour me mettre au courant
de ce qui s'est passé ici ces derniers temps... Je
sais déjà bien des choses, mais vous pouvez me
fournir des renseignements précieux. »

Ainsi excitées, les deux sœurs s'empressèrent
de lui donner des détails, que leur profession
d'aubergistes et le voisinage du château leur
avaient permis de recueillir. Ils étaient de nature
à montrer l'urgence d'une action décisive.

John Hartley n'allait presque plus à la ferme
des Oaks et demeurait au château de la reine
Edith, où l'on s'était empressé, comme nous
savons, de transporter toutes sortes de meubles.
Il sortait un moment, le matin, pour se promener à cheval dans les environs; mais pendant le
reste du temps il se tenait enfermé avec Karl et
l'on disait que ce Karl était un sorcier qui accom-
plissait les choses les plus extraordinaires. Aucun
des domestiques de la ferme n'avait été appelé à
résider au château. En revanche, on y avait in-
stallé quatre ou cinq individus de mauvaise
mine, étrangers au pays et que Karl avait recrutés on ne savait où.

Le château se remplissait d'objets singuliers, dont personne ne connaissait l'usage; les ouvriers y étaient logés et nourris, de peur sans doute qu'ils ne révélassent au dehors à quoi on les occupait. Enfin les hôtesses racontaient que, la veille, dans l'après-midi, elles avaient vu arriver une dame élégante, que Karl était allé lui-même chercher dans une voiture à la station et qui depuis lors devait s'être établie au château, car on ne l'avait plus vue ressortir.

— N'était-ce pas, demanda Alfred avec intérêt, une femme encore jeune, assez jolie, mais un peu chargée d'embonpoint?

— Précisément.

— Alors c'est Mme Jellous, la somnambule, et maintenant que la troupe est complète, la grande partie va commencer sans doute!... Pauvre oncle John!

— Mais s'il en est ainsi, ma sœur, dit Jenny à la veuve, nous ne devrions plus laisser Samuel aller dans une semblable maison?

— Que dites-vous, miss Jenny? reprit Alfred avec une vivacité extraordinaire; est-ce que votre neveu, dont j'ai entendu vanter la gentillesse et l'intelligence, va souvent au château?

— Très souvent, monsieur Alfred, dit Mme Swift; votre oncle, qui a toujours aimé cet enfant, s'est pris pour lui d'une affection plus vive encore depuis son retour, et il envoie presque tous les jours chercher Samuel pour lui tenir compagnie.... M. John est si triste à présent!

— Je comprends.... Depuis que mon oncle ne voit plus sa fille Néridah, il éprouve la nécessité d'avoir auprès de lui une autre douce et aimable créature.... Allons, mes pauvres dames, dit-il en serrant la main de Mme Swift avec émotion, la Providence ne nous abandonne pas. John, sans s'en douter lui-même, me fournit ce qui me manquait : un moyen d'être au courant de ce qui se passe dans le château maudit; mais que dit Karl des visites de Samuel ?

— Rien, il ne fait pas plus attention à lui qu'à un petit chien ou un petit chat.... Sans doute l'infirmité de Samuel lui inspire une sorte de confiance et endort ses soupçons.

— Oui oui, ce doit être cela; Karl le laisse à sa dupe comme un jouet inoffensif.... Eh bien, mes dames, il importe que votre cher petit bonhomme continue de fréquenter le château; il faut même que je le voie avec vous, afin que nous lui fassions comprendre ce qu'il doit savoir de nos plans et comment il doit contribuer à leur succès. Cependant il serait très dangereux de lui apprendre qu'il se trouve probablement tous les jours en face de l'assassin de son père.

— Mais enfin ces projets, quels sont-ils? » demanda la veuve avec un peu d'impatience.

Alfred se pencha vers les deux femmes et leur exposa en peu de mots le plan qu'il avait conçu.

« C'est dit! nous sommes avec vous! s'écria Mme Swift; combattre ce Karl! qui est certainement l'assassin de mon pauvre mari, délivrer cet excellent M. John des intrigues qui l'enveloppent et le torturent, rendre le bonheur à cette jolie Néridah, la fille de la digne dame que nous aimions tant, nous nous dévouerons entièrement à cette tâche... n'est-il pas vrai, Jenny?

— Oui, oui, ma sœur; c'est notre devoir.... et M. Alfred Hartley s'apercevra peut-être que nous ne serons pas trop maladroites dans notre assistance. »

Alfred les remercia chaleureusement l'une et l'autre, et il allait se retirer dans sa chambre, fort satisfait des résultats de son entrevue, lorsque Mme Swift lui fit signe de rester encore pendant quelques instants.

« Il est tard, dit-elle d'un air de réflexion, et vous êtes déjà bien fatigué, mon cher mon-

sieur Alfred ; mais il faut que je vous parle
d'une circonstance inconnue de tout le monde
et qui pourra singulièrement faciliter l'exécution de vos desseins. Combien je suis heureuse
de ne l'avoir révélée à âme qui vive, excepté à
ma chère Jenny, qui l'a sans doute oubliée elle-
même....

— Ma foi, je ne sais à quoi tu veux faire allusion, ma chère.

— Quoi ! qu'y a-t-il ? » demanda Alfred avec
un accent de curiosité impatiente bien facile à
comprendre. »

Après s'être assurée par une rapide inspection
qu'on ne pouvait l'entendre du dehors, Mme Swift
fit signe aux deux interlocuteurs d'approcher, et
elle se mit à leur parler à voix basse.

La lampe avait baissé pendant cette conversation, qu'interrompaient de temps en temps des
exclamations de surprise.

« Je m'aperçois que nous n'avons plus d'huile,
dit Mme Swift après avoir essayé de remonter
le ressort. Il sera temps demain de vous montrer
ce que je viens de dire, et vous ferez bien, monsieur l'ingénieur Robesson, d'aller prendre quelques instants de repos....

— Je le ferai de grand cœur, car je ne me suis
jamais senti plus joyeux que ce soir.... Tout va

bien, et mon plan, qui me paraissait à moi-même fort difficile à exécuter, devient de plus en plus aisé.

Quelques minutes après, Alfred se couchait et s'endormait d'un profond sommeil. Le matin il se réveilla assez tard ; pendant toute la nuit, il avait cru voir l'ombre de sa tante qui tenait Néridah, encore toute petite, dans ses bras, et qui lui souriait avec complaisance [1].

Il s'habilla rapidement ; mais, avant de descendre, il se mit devant une table, prit une feuille de papier et écrivit à son père la lettre suivante :

« Tout marche mieux que je n'aurais osé l'es-
« pérer. J'ai des intelligences dans le château de
« la reine Edith, et le hasard a mis entre mes
« mains de puissants moyens d'action. Rien ne
« m'échappera, et je pourrai tendre à loisir tous
« mes filets. J'ai trouvé des auxiliaires aussi
« dévoués qu'intelligents. Que la personne, dont
« la présence me sera nécessaire pour frapper le
« grand coup, se tienne prête à partir sur l'heure,
« dès que je lui en aurai donné le signal par
« dépêche télégraphique. Ne m'écrivez pas sans
« nécessité, afin de ne point multiplier inutile-

1. Voyez la note à la fin du volume

« ment les allées et venues. Mais poussez ferme
« l'instruction relative à l'affaire du *Kirbeck*.
« Bon espoir et à bientôt ! »

CHAPITRE VI

Le fantôme de la Reine.

Depuis trois jours, Mme Jellous était installée au château de la reine Edith, où elle exerçait les fonctions d'intendante. C'était elle qui donnait les ordres pour les repas, dirigeait les domestiques de l'un et de l'autre sexe, tenait les clefs et faisait la dépense. Elle remplissait les devoirs d'une véritable maîtresse de maison et ne paraissait pas peu fière de son importance nouvelle.

Un matin, elle se trouvait avec Karl dans une

immense pièce voûtée du rez-de-chaussée, l'ancienne salle des gardes dont on avait fait une salle à manger. Le couvert était mis sur une table massive et on n'attendait plus pour servir que l'arrivée de John, qui était absent.

« Où donc va-t-il ainsi chaque matin ? demanda l'ancienne somnambule au médium.

— Habituellement il se promène à cheval dans les environs, et il pousse souvent jusqu'à sa ferme des Oaks, où il se plaît beaucoup plus que je ne voudrais... Aujourd'hui, il a eu la fantaisie de prendre le tilbury et de se faire accompagner par ce petit muet, dont il ne peut plus se séparer... jusqu'à nouvel ordre.

— C'est une affection bien innocente... Vraiment, maître, malgré ces murs si vieux et si noirs, on n'est pas mal ici, et nous ne devons pas regretter le temps où nous donnions des séances publiques de spiritisme et de somnambulisme à Egyptian-hall ! M. John Hartley lui-même, en dépit des épreuves auxquelles vous le soumettez, se porte à merveille; il a le teint encore plus frais et plus reposé qu'à Londres.

— Hum ! Je ne désire pourtant pas, ma chère, qu'il soit trop robuste de corps.... Réellement, tandis que je veillais ici aux mille soins de notre installation, je n'ai pu l'absorber autant que je l'aurais dû peut-être. Il avait beau me demander chaque matin quand je lui procurerais une manifestation nouvelle de sa Suzanne, je ne savais trop que lui répondre, car mes préparatifs n'étaient pas terminés et aucun de mes trucs ne pouvait fonctionner encore. A présent tout cela va changer; je congédie aujourd'hui les deux derniers ouvriers de cette pièce « machinée » que j'appelle le sanctuaire, et je vais pouvoir donner satisfaction à John, si avide de prestiges. Physique, chimie, escamotage, nous le servirons à son gré. Vous-même, ma chère, vous allez me fournir les moyens d'occuper son imagination, d'exercer la vigueur de ses nerfs....

— Comme vous voudrez, Karl; aussi bien, il nous faut gagner, d'une manière quelconque, les avantages dont nous jouissons ici. Je m'habituerais facilement, moi, à cette existence de dame châtelaine....

— Je ne suis pas aussi tranquille que vous, Fellous, répliqua Karl d'un ton soucieux; je crains toujours que cet homme faible et pusillanime ne nous échappe.... Vous m'avez dit vous-même qu'on s'informait de nous là-bas à Londres; ce docteur Henry Hartley ne nous perd pas de vue et il suffirait d'une circonstance fâcheuse.... N'importe ! je crois avoir pris toutes mes précau-

tions et nous devons marcher en avant, au risque
de nous rompre le cou.

— Allons! maître, dit la somnambule que le
bien-être rendait optimiste; je ne reconnais pas
ce matin votre énergie accoutumée.... Auriez-vous
donc vu des Esprits.... des vrais.... dans ce vieux
manoir? »

Tous les deux se mirent à rire, et au même
instant on entendit une voiture légère s'arrêter
dans la cour d'honneur. John ne tarda pas à entrer, conduisant par la main Samuel, qui avait le
teint rose et l'œil brillant à la suite de cette promenade matinale.

Après les compliments d'usage, on s'assit à
table. John voulut que son petit favori prît place
à son côté. Il le servait lui-même et lui adressait
souvent la parole; l'enfant répondait en faisant
des signes au moyen de ses doigts, avec autant
de grâce que de dextérité. Mme Jellous causait
de son ton le plus aimable. Quant à Karl, il affectait, ce jour-là, un air solennel et gardait le silence.

A l'issue du déjeuner, John alluma un cigare
et se disposait à faire un tour dans le parc avec
le petit muet, quand le médium lui dit, de son ton
majestueux :

« Il conviendrait peut-être, monsieur Hartley,
de renvoyer Samuel chez ses parents, à l'auberge

du Cygne.... Nous allons reprendre sérieusement nos travaux, et la présence d'un enfant pourrait être un embarras dans des circonstances aussi graves. »

John s'enflamma à cette ouverture.

« Que voulez-vous dire, maître? demanda-t-il; dois-je entendre que des manifestations vont avoir lieu? J'avoue que je commençais à en désespérer.... Pendant notre voyage nocturne, de Londres ici, l'ombre chérie de Suzanne nous a accompagnés complaisamment et je comptais qu'au château de la reine Edith, acheté par son ordre exprès, les manifestations se succèderaient sans relâche.... Or, vous le savez, depuis plusieurs jours, rien, absolument rien, ne m'a révélé la présence des Esprits.

— C'est qu'ils n'ont pas été invoqués.... Je vous l'ai dit, mon élève, ce n'est pas une œuvre de peu d'importance que j'ai entreprise. Vous avez vu l'ombre, l'apparence, de votre chère Suzanne; vous avez une fois touché sa main, vous avez reçu de son écriture; mais tout cela n'est rien auprès de ce que j'ambitionne. . Je prétends arriver à la *matérialisation* de Suzanne, c'est-à-dire, que je veux vous la faire apparaître vivante, agissante, tangible[1]; vous lui parlerez et

1. Voyez la note à la fin du volume.

II — 7

elle vous répondra.... Croyez-vous que quelque
préparatifs ne soient pas nécessaires pour opére
un tel prodige ?

— Juste ciel! cette matérialisation, que vou
avez tant poursuivie, allez-vous donc l'opérer
Que je serais heureux !... Et vous êtes sûr qu'au
jourd'hui, ou du moins dans un terme rappro
ché....

— On n'est jamais sûr de rien avec les Esprits
Hartley, répliqua le médium; il y a des in
fluences propices et il y en a de contraires...
y a des esprits dociles et bienveillants, il y en
d'indomptables !... Je dois convenir pourtant qu
la nuit prochaine se produira une configuratio
astrale, fort rare et tout à fait favorable aux ap
paritions. La planète Jupiter et la planète Saturn
se lèveront ensemble avec la constellation d
Lion, pendant que Sirius sera au milieu du ciel[1]
Sous l'action puissante de ces astres, peut-êtr
quelqu'un des Esprits nombreux qui hantent c
vieux château historique, se montrera-t-il spon
tanément et d'une manière tout à fait naturelle

— Ainsi vous supposez que Suzanne....

— J'ignore si l'Esprit de Suzanne jugera à pro
pos de se matérialiser, tant que nous n'auron

1. Voyez la note à la fin du volume.

pas rempli les conditions difficiles qu'exige une opération de cette importance ; mais il est à peu près certain que, sous l'influence sidérale dont je viens de parler, il y aura quelque apparition spontanée soit dans le château, soit dans le parc, pendant la soirée prochaine, et qui sait si une de ces apparitions ne consentira pas à nous renseigner au sujet de Suzanne ?

— Que Dieu vous entende, maître ! répliqua le nabab transporté ; eh bien, attendons ce soir. »

Pendant cette conversation, le petit muet était attentif et regardait successivement les causeurs avec son œil limpide et pénétrant. Karl finit par s'en apercevoir et fronça de nouveau les sourcils.

« Vous comprenez, Hartley, reprit-il, que, dans les circonstances actuelles, le silence et le recueillement sont nécessaires ici, tandis que la turbulence d'un enfant.... Vous aimez trop les enfants, mon élève ; les Esprits, surtout celui de Suzanne, peuvent en être jaloux. Votre affection secrète pour une certaine petite fille, dont vous savez combien l'influence est funeste, nuira probablement beaucoup à la réalisation de vos vœux...

— C'est malgré moi, Karl, balbutia le nabab avec confusion ; je fais tous mes efforts pour chasser de mon cœur.... Allons ! tu entends, mon

garçon, poursuivit-il en se tournant vers le
muet, tu vas retourner chez ta mère. Je te verrai
demain.... si c'est possible. »

L'enfant ne se le fit pas dire deux fois; il se
leva, embrassa John affectueusement, et sortit en
gambadant pour retourner à l'auberge, éloignée
seulement du château, comme nous savons, de
quelques centaines de pas. Mais quand il partit,
sa jolie figure avait une expression moqueuse,
bien capable de donner à penser.

Pendant le reste de la journée, on lut à John
des légendes, tirées de l'histoire d'Angleterre,
parmi lesquelles se trouvait naturellement celle
de la reine Edith.

Mme Jellous fit admirer des chromolithogra-
phies, exécutées avec un soin propre à frapper
une imagination inculte, et représentant les prin-
cipaux épisodes de ces sombres récits. Quand on
fut arrivé à la femme du Confesseur, la spirite
s'extasia sur les longs cheveux roux qu'entourait
un cercle d'or, sur le port majestueux de la reine
infortunée, et sur la manière digne et gracieuse
dont elle portait une simple tunique saxonne
drapée à l'antique.

Pendant tout le dîner, on ne parla encore
que de la reine Edith, et, dès que la nuit fut
sombre, Karl proposa au nabab une promenade

dans le parc, où des chênes et des sycomores séculaires formaient des allées majestueuses. John accepta, et Mme Jellous voulut être de la partie.

« Non, non, ma chère, dit Karl péremptoirement; la soirée est humide, et votre santé laisse beaucoup à désirer. Or, j'ai besoin que vous soyez bien portante, parce que vos services vont nous devenir nécessaires....

— Moi, je trouve la soirée fort belle et je suis certaine....

— Assez, madame; je vous prie de remonter dans votre chambre. »

Mme Jellous, toute confuse de cette dureté, se retira les larmes aux yeux. John et le spirite se rendirent dans le parc.

Il n'y avait pas de lune, mais le ciel était tout diamanté d'étoiles. Tandis qu'une obscurité épaisse régnait sous les massifs d'arbres, une bande blanche et presque lumineuse courait le long des allées. La campagne était plongée dans un lugubre silence qui semblait inviter les Esprits peuplant les régions inconnues du monde invisible à se montrer aux habitants de la terre.

Les deux planètes qui, suivant le médium, dominaient la situation astrologique, n'étaient point encore arrivées au-dessus de l'horizon. Le seul

astre remarquable, ornant en ce moment la voûte
céleste, était Sirius, qui lançait avec un éclat
extraordinaire ses rayons d'une teinte bleuâtre,
à laquelle on le reconnaît, ainsi qu'à son trem-
blotement singulier.

« Cette étoile, dit Karl en la montrant à son
crédule compagnon, qui admirait pour la première fois ces particularités si curieuses, et
était disposé à entendre raconter les histoires
les plus singulières à leur sujet, était précisément celle que les Égyptiens, nos maîtres,
avaient consacrée aux dieux des morts. C'est
afin de recevoir normalement cette lumière magique que les Égyptiens avaient orienté si étran-
gement leurs pyramides et adopté les combinaisons qui confondent la science de nos archéo-
logues[1].

« Voyez de quelle façon bizarre elle éclaire ce
kiosque! L'ombre tombe sur cette pelouse qui est
située du côté du nord.

« C'était de ce côté, derrière ce grand chêne
vieux de mille ans, que la reine venait prier, la
nuit, pour le salut de son cher Édouard, de cet
époux adoré, dont elle était à jamais séparée par
le crime qui les avait unis.

---

1. Voyez la note à la fin du volume.

« Ne dirait-t-on pas que les feuilles de cet arbre géant sont agitées par un souffle mystérieux ? »

Karl parlait encore, quand une lueur étincelante se détacha vivement du chariot de la Grande Ourse ; elle marcha rapidement du côté d'Orion en passant dans le voisinage des Gémeaux [1].

Cette étoile filante était de couleur claire et gaie ; elle avait un éclat presque égal à celui de Sirius, autant qu'on pouvait en juger. Sa course était si rapide, qu'il eût été impossible de former un vœu pendant qu'elle durait, circonstance nécessaire, suivant une superstition fort répandue, pour que ce vœu soit exaucé. Mais l'étoile avait disparu qu'on voyait encore derrière elle un petit nuage phosphorescent.

Quoique ces météores soient moins communs dans l'Inde que dans nos régions, ils y sont encore assez fréquents pour que John eût rencontré déjà bien des occasions de les observer. Mais jamais il n'avait contemplé le spectacle de la mort d'un de ces mondes atomes, qui viennent se volatiliser dans notre atmosphère, absolument comme un moucheron vient se brûler dans un foyer. Il resta pétrifié, la bouche béante et les

1. Voyez la note à la fin du volume.

yeux tournés vers la partie du ciel où la lueur s'était montrée.

Karl n'avait pas de notions sérieuses d'astronomie ; cependant il était plus avancé que John, précisément à cause des efforts qu'il avait dû faire pour se donner de faux airs d'astrologue, ce qui, dans le métier de spirite, est fort apprécié.

L'arrivée de ce corps brillant, d'un éclat si passager, lui fit pousser un cri involontaire peu en harmonie avec l'étendue de la science dont il faisait profession ; mais il se remit bien vite de cette sorte d'alarme qui n'avait rien de sérieux.

Loin de partager aucune des craintes d'Hartley, il s'empressa d'exploiter une heureuse coïncidence qui allait préparer ses enchantements.

« Il faut nous attendre, dit-il à voix basse en s'approchant de son hôte, à ce que la terre ne restera pas inactive en présence des merveilles que nous offre le firmament. »

Jamais le médium n'avait été si bon prophète, car il avait à peine cessé de parler, qu'un autre prodige attira l'attention des deux interlocuteurs.

A l'extrémité d'une allée, où l'on voyait une petite prairie découverte, brilla une flamme

mobile comme un feu follet, qui semblait s'a-
vancer vers eux. John s'arrêta et ne put retenir
un faible cri.

« Chut! chut! dit Karl d'un ton impérieux; mes
prévisions se réalisent.... voilà un Esprit.

— Serait-ce celui de Suzanne?

— Je l'ignore encore.... Mais paix! je vous en
conjure.... Gardons le silence du respect en présence d'une si étonnante manifestation. »

Pendant qu'ils échangeaient ce peu de mots,
une forme humaine, d'abord vague et confuse,
mais de plus en plus distincte à mesure qu'elle
s'approchait, glissa sans bruit à la surface du
gazon et s'engagea sous les sycomores. On ne
tarda pas à reconnaître qu'elle appartenait à
une femme vêtue de blanc, enveloppée dans
un linceul. Au milieu des ténèbres, l'apparition
répandait une lueur phosphorescente qui permettait de distinguer son visage et ses contours [1].
Elle ne se dirigeait pas en droite ligne vers les
promeneurs; cependant elle semblait devoir
passer à quelques pas d'eux, à moins qu'elle ne
changeât brusquement de direction.

Elle fut bientôt assez voisine pour qu'on pût
l'observer. Ce n'était pas Suzanne, mais une

1. Voyez la note à la fin du volume.

femme grande, forte, à l'air majestueux, portant
des vêtements riches et de coupe bizarre. Elle
avait un voile sur son visage; une abondante
chevelure rousse retombait sur ses épaules et
était retenue par un cercle d'or, aussi brillant
que du feu.

John n'était pas, cette fois, sur le point de
s'évanouir comme lorsqu'il avait touché la main
froide et glacée de Suzanne.

Il lui semblait cependant que la terre se déro-
bait sous ses pas; mais un gouffre se serait ouvert devant lui qu'il n'aurait pas trouvé la force
de s'enfuir; car cette apparition exerçait en
même temps sur sa volonté une attraction surprenante.

Karl, qui lui tenait le bras et auquel aucun de
ses tressaillements n'échappait, se rendait compte
aisément de tout ce qui se passait en lui.

« C'est la reine Edith, murmura-t-il; elle se
montre souvent sous ces arbres, et j'avais raison
de penser que, grâce à l'action favorable des
astres.... Mais ne bougez pas, ne prononcez pas
un mot, je vais essayer de l'interroger sur les
nouvelles d'outre-tombe qui vous passionnent si
légitimement.

« Je suis certain que cette reine doit être
intimement liée avec votre pauvre Suzanne, et

Elle ne se dirigeait pas en droite ligne vers les promeneurs.

qu'elle sera extrêmement satisfaite de nous parler d'elle.

« Qui sait si elle ne vient point un peu dans cette intention ? » ajouta-t-il d'un air profond et capable.

Mais il était parfaitement inutile que le maître en dît plus long au nabab; ce dernier était tellement absorbé dans sa contemplation qu'il n'entendait plus un mot de ce qu'on lui disait.

L'apparition avançait toujours, sans s'inquiéter du voisinage de deux êtres humains, et allait se perdre derrière les vieux sycomores, quand Karl l'interpella avec assurance.

« Edith, fille de Godwin, dit-il à voix haute, réponds-moi, au nom d'Aboul-Mansour et d'Aboul-Wefa[1], qui commandent aux Esprits des femmes dévouées à leurs époux,... au nom de l'âme de Pénélope et d'Eurydice, d'Éponine et de Blanche de Castille, réponds-moi !

« Ici, à mes côtés, se trouve mon élève qui regrette une épouse adorée, et qui, dans les lieux mêmes où tu as versé tes larmes, répand à son tour des pleurs !

« Ses pieds foulent la poussière que tes pas ont jadis soulevée !

---

1. Voyez note à la fin du volume.

« Il attend ta réponse la main dans ta main.

« Il veut savoir quand Suzanne Hartley, qui
erre sans doute autour de ce manoir, daignera
se manifester, comme toi-même en ce moment.

« Parle, au nom de l'étoile du Dieu des morts
qui nous éclaire tous deux, de l'Ourse vers laquelle ta figure est tournée, et des deux planètes
qui en ce moment même arrivent à l'horizon. »

En effet, on commençait à voir deux étoiles voisines l'une de l'autre qui échangeaient des feux
d'une couleur différente [1].

Le spectre s'arrêta une seconde et tourna vers
les deux hommes sa figure livide, aux traits immobiles. On crut qu'il allait parler, mais il se
contenta d'élever le bras, par un mouvement
automatique, et de tracer avec le doigt trois cercles dans l'air.

Insensiblement la frayeur qui paralysait John
avait fait place à une admiration sans bornes
pour la science et le génie de son maître.

Comment ne point être stupéfié par l'interpel-
lation à la fois hardie et courtoise, digne et impérieuse, que le spirite adressait à une femme
ayant eu l'honneur de s'asseoir sur le trône de
sa Très Gracieuse Majesté ?

---

1. Voyez la note à la fin du volume.

Karl se pencha vers le nabab, et il lui dit à voix basse :

« Tout va bien, je ne me suis trompé dans aucune de mes prévisions : c'est bien la reine Edith qui est devant nous ! C'est une faveur que, je vous le dis en toute humilité, je n'osais pas espérer.

— Mais que veulent dire les signes singuliers qu'elle nous fait? demanda John timidement.

— Ces signes veulent dire, répliqua Karl avec rapidité, que Suzanne va se montrer dans trois périodes de temps; je suppose que c'est dans trois jours, car nous sommes aujourd'hui le 10, un lundi. Le 13 sera un vendredi et de plus un jour de nouvelle lune....

« Mais ne perdons pas notre temps en causeries. Les spectres exigent une respectueuse déférence... Je vais continuer à interroger la reine, car c'est une reine, mon cher John, une vraie reine.... »

John était tellement fier du succès obtenu par son maître, qu'il ne tremblait plus du tout.

« Edith, fille de Godwin, reprit le médium d'une voix plus forte et plus impérieuse, ton geste veut-il dire que Suzanne se manifestera dans trois révolutions du soleil, c'est-à-dire dans trois jours?... Je t'ordonne de répondre au nom de.... »

Avant que l'apparition eût eu le temps de faire un nouveau geste, un éclat de rire partit d'un hallier voisin, si bruyant, si vigoureux, si railleur, que le conjurateur et Hartley en tressaillirent. L'un et l'autre regardèrent le buisson d'où s'élevait ce bruit étrange; mais l'obscurité était complète de ce côté et ils ne virent rien. Du reste, le rire cessa tout à coup, et ce fut à peine s'ils entendirent encore un léger bruissement dans le feuillage du hallier. Un peu rassurés, ils voulurent revenir à Edith; mais le spectre avait disparu, comme s'il s'était dissipé en fumée.

Cette fois ce n'était pas le néophyte qui était le plus sérieusement épouvanté. Par bonheur pour Karl, la nuit était très noire, et Hartley était tout à fait hors d'état de lire sur ses traits soudainement bouleversés l'expression de terreur qui s'y était montrée dès qu'il avait entendu cette insolente et railleuse démonstration.

Était-ce un des domestiques recrutés avec un soin si minutieux qui l'avait surveillé?

Était-ce un étranger, qui s'était introduit par corruption ou par fraude dans ce parc si bien gardé, et qui en avait franchi par escalade les hautes murailles?

Aucune de ces suppositions n'était rassurante pour l'avenir des conjurations, et toutes étaient

galement terribles. Aussi, en désespoir de cause,
accrochait-il à cette pensée peu raisonnable que
me Jellous, car c'était elle qui avait joué le rôle
e la reine Edith, avait commis quelque mala-
resse, cause réelle de cette interruption; mais
lors pourquoi avait-elle fui si précipitam-
nent?

Pendant que le médium roulait dans sa tête
es hypothèses contradictoires, les minutes (ce
ui est un siècle dans de pareilles circonstances)
écoulaient.

Fatigué d'écarquiller inutilement ses yeux pour
icher d'apercevoir la merveilleuse apparition,
ohn se tourna vers le spirite :

« Qu'est devenue Edith ? demanda-t-il d'une
oix émue, et pourquoi, maître, n'a-t-elle pas
épondu à vos questions?

— Elle a répondu, balbutia Karl avec em-
)arras; mais je ne sais... je ne peux m'expliquer...

— Enfin quelle est la cause de ce rire insolent?
Aucun étranger ne pénètre dans le parc, qui est
entouré de murs et de fossés. »

L'espèce de bon sens grossier et de naïveté
imperturbable avec laquelle s'exprimait sa dupe
ne pouvait manquer de rendre à Karl son sang-
froid.

« Je vous ai dit, mon cher élève, reprit-il senten
cieusement, que, dans le monde invisible, il y
de bonnes et de mauvaises influences.... Edith
fille de Godwin, comme vous l'avez vu, se sou
mettait à mon pouvoir, quoiqu'elle ait été rein
d'Angleterre dans l'ancien temps; mais ce vieu
château, où se sont commis tant d'excès et tant d
crimes, est peuplé d'Esprits malfaisants, har
gneux, indomptables, qui contrecarrent volon
tiers les bons Esprits.... Edith, en présence d
quelque démon échappé de l'enfer, s'est hâté
de disparaître.

— Comment! ce château, que j'ai acheté six mill
livres et qui n'en vaut pas la moitié, que je n'a
pu rendre habitable qu'à grand'peine en y dé-
pensant un argent fou, serait mauvais pou
les invocations? répondit John d'une manière
qui n'était pas exempte d'amertume.

— Ce n'est pas ce que j'ai voulu dire, s'écria
vivement Karl, qui comprit qu'il s'était enferré,
et qui envisagea non sans effroi ce léger retour
de John à la raison. Mais, vous le voyez, il n'y
a pas de lune au ciel[1]; c'est une circonstance
qui rend les mauvais génies singulièrement
audacieux, et qui empêche les bons de veiller

1. Voyez la note à la fin du volume.

sur les êtres humains qu'ils sont chargés de protéger. »

Cette explication parut très naturelle à John, qui voyait partout des Esprits, comme Don Quichotte voyait partout des enchanteurs et des enchantements. Du reste, Karl ne lui donna pas le temps de réfléchir.

« Cet incident prouve, monsieur Hartley, ajouta-t-il, que nous ne ferons plus rien ici cette nuit et qu'il est sage de rentrer. Du moment que les Esprits de ténèbres ont trompé la surveillance des génies qui leur ferment les routes de la terre, les Esprits de lumière n'osent se hasarder dans un quartier de l'infini aussi misérable que notre pauvre terre ; aussi ne pouvons-nous plus espérer de manifestations réellement profitables. »

Et il entraînait le nabab vers le château.

« Cependant, dit John, je désirerais savoir.... Suzanne, la reine Edith...., les Esprits indomptables....

— Encore une fois, les influences sont contraires ! répliqua Karl avec impatience ; oubliez-vous que quelqu'un de ces lutins maudits pourrait vous jouer un mauvais tour qui mettrait en péril votre vie[1] ? »

1. Voyez la note à la fin du volume.

John céda devant cette menace ; et, aussi trou-
blés l'un que l'autre, mais pour des raisons bien
différentes, le maître et le disciple regagnèrent le
château.

CHAPITRE VII

Un souvenir.

Tant qu'il fut avec John, Karl affecta un maintien calme, posé, presque confiant; mais dès qu'il se fut assuré que le nabab s'était enfermé dans sa chambre, il avisa aux moyens de rejoindre sa complice, sans éveiller les domestiques, et en évitant à tout prix d'être vu.

Il commença par retirer ses chaussures et se glissa à pas de loup dans les corridors afin de parvenir à la porte de la chambre que Mme Jellous occupait, et qui était reléguée dans un autre corps de logis.

Dix fois pendant sa marche, qui lui parut inter-
minable, il entendit des bruits insignifiants qui
faillirent le faire renoncer à son dessein. Mais,
dévoré du désir de savoir ce qui s'était passé,
il se remettait chaque fois en route, après avoir
senti une sueur froide inonder la racine de ses
cheveux.

Quand il fut arrivé à la porte qu'il cherchait, il y appliqua son oreille, et il écouta
en retenant sa respiration, comme le ferait un
trappeur dans les grands bois. Il resta ainsi
pendant plus d'une minute, adhérent pour ainsi
dire à la muraille, tout prêt à se laisser glisser
à terre pour s'évader en rampant.

Le résultat de cet examen parut le satis-
faire, car il laissa bientôt échapper un soupir
de satisfaction, et il se rendit à la poterne
secrète par laquelle sa complice devait infail-
liblement rentrer.

Karl avait eu raison de se diriger de ce
côté. Il arriva au moment où, après avoir
ouvert avec précaution la porte qui lui avait
donné une première fois passage, l'apparition
rentrait, dissimulant de son mieux, malgré les
ténèbres, un paquet qui contenait son linceul
et ses vêtements royaux.

Si la somnambule était surprise en un pareil

moment, elle pouvait faire quelque imprudence ; aussi Karl lui dit-il, en étouffant sa voix :

« Madame Edmond, c'est moi ; c'est moi....

— Moi.... » répondit l'écho des souterrains séculaires, avec une précision à laquelle Karl aurait fait attention dans toute autre circonstance.

Quoi qu'il en soit, le médium avait agi sagement en prévenant la soi-disante reine Edith à distance, car, malgré ce ménagement, Mme Jellous commença à pousser un cri, que Karl étouffa en lui mettant la main sur la bouche.

« Êtes-vous folle de crier ainsi ? dit-il avec volubilité ; c'est moi qui viens au-devant de vous pour savoir ce qui s'est passé.... »

Et il ne cessa de l'étreindre que lorsqu'il eut été parfaitement reconnu.

« Maintenant, lui dit-il à voix basse et à l'oreille par surcroît de précaution, pourquoi vous êtes-vous enfuie ?

— J'ai entendu un rire strident, épouvantable, comme on ne rit pas sur la terre.... et j'ai cru. ..

— Peu importe, dit Karl ; alors ce n'est point vous qui, oubliant votre rôle....

— Comment pouvez-vous me croire si sotte ? reprit Mme Jellous d'un ton de reproche ; du reste, le rire n'est point parti de mon côté.

— Je le sais, je ne vous accuse pas, mais j'ai dû examiner cette hypothèse, ajouta-t-il d'un ton où perçait le découragement.

— En revanche, j'ai la certitude reprit Mme Jellous, que je n'ai pas été suivie; car, après m'être sauvée, je suis revenue sur mes pas, et si quelqu'un avait été dans ce bosquet, je l'aurais sûrement aperçu.

— Il ne faut pas attacher trop d'importance peut-être à cet incident, mais redoubler de surveillance, examiner de près nos gens, faire une ronde le long des murailles : c'est une inspection à laquelle nous devrions procéder plus souvent. Je m'en charge; rentrons chacun dans notre chambre, et demain matin faisons bonne mine au déjeuner. Descendons l'un et l'autre le plus tôt possible, sans provoquer de commentaires, et communiquons-nous tout ce que nous aurons appris.

Le lendemain matin, Karl et Mme Jellous se rencontraient dans la salle à manger avant que le nabab eût paru. Depuis plus d'une demi-heure ils se parlaient à l'oreille, avec une animation extrême, comme si un évènement nouveau les eût préoccupé. Enfin Karl demanda, avec un peu d'impatience :

« Ah çà! que fait-il donc ce matin? N'est-*il* pas rentré de sa promenade habituelle?

— Ce qui va vous surprendre, maître, répliqua la somnambule, c'est qu'il n'est sorti ni en voiture, ni à cheval, ni à pied.... Il n'a pas encore quitté sa chambre.... Et le petit muet s'est présenté deux fois, sans être admis à le voir. »

Le médium devint pensif.

« Hum! reprit-il, l'apparition de la reine Édith, bien que cette apparition ait été dérangée par une circonstance bizarre, l'aurait-elle troublé à ce point?... Le fait est, ma chère, poursuivit-il en souriant et en baissant la voix, que vous étiez merveilleusement grimée et costumée! Je vous ai trouvée superbe, ma foi! Vous êtes née pour être reine, et un plus malin que John Hartley s'y serait laissé prendre! Quel malheur que nous n'ayons pu aller jusqu'au bout! »

Mme Jellous, toute fière de ces éloges, allait répondre, lorsque John entra, à son tour, dans la salle. Il était pâle, abattu; ses joues portaient des traces de larmes. Il s'assit sur une chaise et ne sembla même pas remarquer la présence de Karl et de la somnambule.

L'une et l'autre échangèrent un regard inquiet; Karl s'avança vers le nabab et lui dit avec assurance :

« Je sais, mon pauvre Hartley, que vous avez passé une mauvaise nuit. »

John tressaillit et leva la tête, mais il la rabaissa aussitôt, d'un air de confusion.

« C'est vrai, répliqua-t-il ; rien ne vous échappe, maître. En effet, j'ai eu la nuit dernière une manifestation....

— Une manifestation.... après la fuite d'Édith ? interrompit Karl ; c'est impossible !... Vous aurez été vivement impressionné par un rêve de l'espèce de ceux dont je vous ai appris à vous défier.... Voyons, convenez qu'hier au soir, avant de vous coucher, vous avez oublié de fumer de l'opium, ce que je vous ai dit de faire chaque soir[1]. Mieux vaudrait peut-être n'en point prendre que d'interrompre un seul jour.

— Écoutez, il ne me servirait à rien de le nier, j'étais si ému que je n'ai point songé à vos sages prescriptions.... Mais le songe était si prolongé, si net, si émouvant, que je suis bien obligé de le considérer comme une réalité...

— Vous avez rêvé, vous dis-je.... Et je n'ignore pas de qui vous avez rêvé....

— Eh ! bien oui, s'écria John avec explosion et en fondant en larmes, c'est d'elle... de Néridah... de ma malheureuse fille !

1. Voyez la note la fin du volume.

— Votre fille !

— Non, non... elle ne l'est pas; Suzanne me
l'a révélé.... Mais, Suzanne et moi, nous avons
aimé si longtemps Néridah sans soupçonner...
Donc, la nuit dernière, mon sommeil avait été
troublé par toutes sortes de visions bizarres qui
peuvent être attribuées à ma négligence, car
celles que procure l'opium sont d'une nature
différente, et ne produisent point l'angoisse
auxquelles ces dernières m'ont laissé en proie...
Vers le matin, je dormais paisiblement, lorsque j'ai senti sur mon visage des baisers et des
larmes. En même temps, une personne, qui
était penchée sur mon lit, me disait d'une voix
douce et plaintive : « Ah! père, mon bon père,
pourquoi m'as-tu abandonnée? »

Karl et Mme Jellous se regardèrent de nouveau
avec stupéfaction.

« J'ai ouvert les yeux, poursuivit John, et
comme le jour commençait à poindre, j'ai reconnu
Néridah... C'étaient ses traits fins, ses yeux bleus,
ses cheveux noirs.. . Elle pleurait, elle m'embrassait les mains et le visage; elle me répétait de
sa voix touchante : « Ah! père, pourquoi m'as-tu
abandonnée, moi qui t'aimais tant? »

John s'arrêta, suffoqué lui-même par les sanglots.

« Vous ne pouviez, répliqua le médium en haussant les épaules, avoir une manifestation spirite de la part d'une personne encore vivante. Pour ce qui est de la réalité, vous savez bien que Néridah habite Londres, chez son oncle le docteur Henry, et qu'il est matériellement impossible...

— Cependant, ce rêve, si c'est un rêve, avait tous les caractères de la vérité. Le jour était assez clair pour que je visse parfaitement Néridah ; je sentais le contact de sa main, de ses lèvres ; son haleine était chaude et parfumée. Ce n'était pas une ombre impalpable, comme Suzanne pendant notre voyage en wagon, ni une forme glacée et insensible, comme le spectre de la reine Edith pendant la soirée d'hier. Je suis convaincu....

— Enfin, comment s'est terminée cette... folie ?

— Je ne saurais le dire ; j'avais encore les idées confuses, la tête appesantie par les visions de la veille ; je pouvais à peine parler, quoique je me rappelle encore les paroles que j'ai prononcées. Elles sont là gravées dans ma mémoire et si vous voulez....

— Inutile, reprit Karl impatienté, achevez vite votre récit.

— Maître, 'il me reste peu de chose à vous apprendre. Tout à coup les rideaux de mon lit, qui s'étaient écartés pour laisser passer Néridah, sont retombés, et je n'ai plus rien vu, rien entendu. Par un effort pénible, j'ai soulevé la draperie à mon tour ; la chambre était vide, aucun bruit n'a plus frappé mon oreille. Je voulais réfléchir, mais le chaos s'est mis dans ma cervelle et je me suis rendormi d'un sommeil de plomb, qui vient seulement de cesser. »

Karl poussa un éclat de rire, trop bruyant pour ne pas être un peu forcé.

—« Sur ma foi ! Hartley, reprit-il, vous voilà tout à fait visionnaire. N'avez-vous pas vu, ces temps-ci, assez de choses réellement merveilleuses, sans vous créer des chimères ridicules ?

— Des chimères.... des visions ! répéta le nabab avec une sorte d'égarement ; c'est possible.... Depuis quelque temps, en effet, il y a comme des nuages sur ma raison ; je ne distingue plus le vrai du faux, le bien du mal ; je ne sais si je veille ou si je dors. Il me semble que je deviens fou, car je sens que je deviens méchant. »

Et il demeura pensif, les yeux tournés vers la terre. Karl s'assit à son côté et lui prit la main.

« Mon cher élève, dit-il, votre âme reste troublée parce que vous n'avez pu encore en arracher le souvenir de cette enfant, qui n'est pas votre fille. Une pareille faiblesse irrite l'Esprit de Suzanne et retarde la matérialisation que je poursuis avec tant d'ardeur. Je trouve pourtant indispensable de consulter Suzanne sans délai; elle me révèlera les moyens de faire cesser votre douloureuse agitation. Sans doute elle vous imposera des conditions rigoureuses, telles, par exemple, que le serment de ne revoir jamais cette petite étrangère, de la déshériter, de tester en faveur des personnes pour lesquelles vous avez le plus d'estime et d'affection....

— J'obéirai aveuglément à Suzanne, répliqua John avec la docilité d'un enfant; mais oubliez-vous, cher maître, que, d'après les indications d'Edith, fille de Godwin, c'est seulement dans trois jours....

— Édith a-t-elle voulu indiquer trois ans, trois jours ou trois heures? répliqua gravement Karl; voilà ce que nous n'avons pas eu le temps d'apprendre, vu l'intervention subite d'un malin Esprit. Il conviendrait donc de tenter une expérience.... Mais parbleu! j'y songe! poursuivit-il comme frappé d'une idée subite; Mme Jellous peut nous fournir les renseignements dont nous avons besoin; je vais envoyer son Esprit dans

les sphères éthérées où plane l'Esprit de Su-
zane....

— Moi, maître ? s'écria Mme Jellous avec une
terreur réelle ou feinte; épargnez-moi de grâce.
Je ne suis pas préparée en ce moment....

— Obéissez! » dit le médium d'une voix terrible.

La somnambule demeura immobile.

Karl alla fermer la porte, dont il tira le verrou,
et revint vers John.

« Quoi qu'il arrive, lui dit-il de sa voix impérieuse, ne prononcez pas un mot, ne faites pas
un mouvement. »

Le nabab s'inclina en silence.

Alors Karl traça une circonférence de craie [1]
sur le tapis; puis, se tournant vers Mme Jellous
qui ne paraissait plus s'appartenir à elle-même,
il lui commanda par geste de venir se placer au
milieu de ce cercle. Elle obéit, comme mue par
une force irrésistible.

Le médium s'éloigna de quelques pas, en la
regardant fixement. Bientôt elle s'agita d'une
façon effrayante. Sa poitrine se gonfla, ses cheveux se dénouèrent tout seuls et semblèrent frissonner. Une sueur abondante ruissela sur son
visage. Sa bouche se contracta, et une écume

1. Voyez la note la fin du volume.

blanchâtre couvrit ses lèvres, d'où s'échappaient
des sons inarticulés.

Puis ses traits exprimèrent successivement,
avec une précision étonnante, l'effroi, l'admiration, la supplication, l'espérance. L'extase étant
parvenue à son apogée, Karl fit un pas vers la
somnambule et étendit le bras :

« Parlez à présent, dit-il avec autorité ; vous
connaissez ma pensée.... Parlez donc, je le
veux ! »

La somnambule semblait faire des efforts,
mais il ne sortait toujours de sa gorge que des
cris inarticulés.

« Parlez... Parlez ! » répéta le médium avec son
geste dominateur.

Enfin la pauvre sibylle réussit à prononcer,
d'une manière distincte et par phrases entrecou-
pées :

« Vous pouvez interroger l'Esprit... aujour-
d'hui même ; Suzanne vous répondra. »

Elle s'arrêta épuisée ; mais il était inutile d'en
demander davantage Comme Mme Jellous conser-
vait son immobilité de statue, Karl s'approcha
d'elle et lui souffla sur le front. Aussitôt elle
redevint calme et souriante, les couleurs repa-
rurent sur ses joues, son regard perdit sa fixité.
Karl la prit par la main, la conduisit vers un

Sa poitrine se gonfla, ses cheveux se dénouèrent tout seuls.

II — 9

canapé où elle s'assit. Au bout d'une minute, elle avait recouvré toute sa connaissance.

« Que s'est-il passé ? demanda-t-elle ingénuement ; j'éprouve une cruelle fatigue. »

Karl, au lieu de lui répondre, se tourna vers le nabab qui avait assisté, non sans de violentes émotions, à cette scène de magnétisme :

« A présent, monsieur Hartley, dit-il, nous savons ce que nous voulions savoir, et rien ne nous empêche de tenter les évocations aujourd'hui... Si donc vous y consentez, nous nous réunirons un peu plus tard dans le « sanctuaire » et il faut nous attendre à quelque manifestation très importante.

— Soit, dans l'après-midi, » répliqua John.

Karl alla déverrouiller la porte et les domestiques s'empressèrent de servir le déjeuner, auquel le médium et la somnambule firent honneur selon l'habitude, avec un appétit que rien ne pouvait altérer.

Pendant qu'on était à table, le petit Samuel arriva pour faire à Hartley sa visite quotidienne. A sa vue, John, bourrelé d'idées pénibles, se dérida sensiblement. Il voulut que son favori prît place auprès de lui, malgré le froncement de sourcils du spirite, qui soupçonnait le petit Samuel d'avoir causé sa mésaventure de

la veille. L'enfant ne mangea pas ; il venait
montrer à son protecteur un dessin au crayon,
qu'il avait évidemment copié sur la gravure
d'un livre de piété, et dont il ne paraissait
pas peu fier. Ce dessin représentait un homme,
entouré de hideux démons qui voulaient l'entraîner dans un abîme plein de crapauds et de
serpents, tandis qu'un ange apparaissait dans
l'air, avec une épée de feu, pour chasser la horde
infernale. Il y avait pour légende : *Espérance !
Confiance ! L'esprit de lumière triomphera des
Esprits de ténèbres.*

Ce dessin se rapportait très bien à la situation
de John et on pouvait croire qu'il n'avait pas
été mis par hasard sous ses yeux. Cependant le
nabab ne songea pas à en faire une application
à sa personne ; il se contenta d'admirer la fer-
meté des lignes, la netteté des contours, et il
passa le papier à Karl et à Mme Jellous, qui l'ad-
mirèrent de même. Le médium, prompt à saisir
l'à-propos, dit en souriant :

« Voilà qui est bon signe, Hartley ; un être
inconnu et supérieur se sert de cet enfant pour
relever votre esprit abattu, et vous rendre l'espérance. »

John accepta cet augure favorable ; et le
spirite ne s'aperçut pas que le petit Samuel, en

lui tendant le papier, avait détourné la tête afin de cacher un sourire.

On se leva de table, et Karl, qui avait sans doute de nombreux préparatifs à faire, se disposa à rentrer dans son appartement.

« N'oubliez pas, dit-il au nabab, que nous commencerons nos travaux à deux heures, dans le « sanctuaire ». D'ici là, vous pouvez vous promener tout seul, et sans garder avec vous cet enfant dont la vue vous rappelle involontairement un être maudit ; mais soyez exact, je vous le demande. »

John promit de ne pas manquer.

« Et moi, maître, dit Mme Jellous, ne me permettrez-vous pas d'assister à vos évocations ?

— Non, ma chère ; vos services nous sont inutiles encore cette fois. »

Et Karl rentra chez lui, d'un air affairé.

CHAPITRE VIII

La voix inconnue.

A l'heure indiquée, John Hartley, qui avait congédié immédiatement le petit Samuel, se rendit au « sanctuaire » où Karl l'attendait déjà.

Ce « sanctuaire », situé dans une des pièces les plus reculées du château, avait une décoration lugubre, qu'une demi-obscurité rendait plus lugubre encore. Il était entièrement tendu de

velours noir, avec des ornements d'argent représentant des emblèmes funéraires. Fenêtres et
portes disparaissaient derrière ces draperies, si
bien qu'on se fût cru dans un tombeau. Au centre,
se trouvait une table d'ébène, au-dessus de laquelle une lampe d'argent était suspendue à la
voûte. La lumière insuffisante de cette lampe
permettait seulement d'entrevoir, dans les diverses parties de la salle, des meubles antiques
aux formes bizarres, des statuettes monstrueuses
semblables à celles que John se souvenait d'a-
voir vues dans les pagodes hindoues, des symboles mystérieux dont un adepte de la prétendue
science spirite eût pu seul expliquer le sens.... à
moins qu'ils n'eussent pas de sens du tout. L'ensemble de la salle était morne, funèbre, et une
âme plus fortement trempée que celle de John
eût éprouvé une impression profonde en pénétrant dans cette espèce de tombeau.

Karl vint recevoir le nabab à la porte; après
quoi il tira le verrou et laissa retomber la tenture noire. Il avait repris cet air solennel et fatal
qu'il affectait quand il se livrait à ses opérations
spirites.

« Il importe, dit-il en conduisant John vers un
fauteuil, que nous ne soyons dérangés par personne. Aussi Mme Jellous a-t-elle profité de l'oc-

casion pour aller visiter la ferme des Oaks, qu'elle ne connaît pas encore, et j'ai donné l'ordre aux domestiques de n'approcher de cette salle sous aucun prétexte.... Toute intervention profane pourrait troubler les redoutables mystères qui vont s'accomplir ici. »

Le nabab, très intimidé, fit un signe d'acquiescement et s'assit à la place indiquée, tandis que Karl occupait un autre fauteuil devant la table, sous le rayon lumineux de la lampe.

« John Hartley, reprit le médium à voix haute après un moment de silence, je vais tenter, comme je vous l'ai dit, l'œuvre magistrale de la matérialisation de feu Suzanne Hartley. J'ignore encore si je réussirai d'une manière complète, c'est-à-dire, si Suzanne voudra bien se montrer à nous telle qu'elle était pendant sa vie ; j'ai seulement la certitude qu'elle ne refusera pas de répondre aux questions.... Néanmoins, je dois vous demander, dès à présent, si vous êtes disposé à exécuter ses ordres, quels qu'ils soient, et quand même ils devraient vous imposer de cruels sacrifices ?

— Maître, répliqua John, j'ai affirmé déjà que j'était prêt à faire tout ce qui me serait commandé par Suzanne.... Je répète cette promesse... ce serment !

— C'est bien... ne l'oubliez pas, quand l'heure sera venue. »

Il ajouta, après une nouvelle pause :

« Je vais commencer les évocations.... Vous ne devez pas avoir peur, quoi qu'il arrive. L'Esprit de Suzanne, malgré votre coupable attachement à des souvenirs qu'elle répudie et peut-être à des personnes qu'elle condamne, est plein de bienveillance pour vous et sans doute il va vous donner un signe éclatant de son indulgence.

— Oh ! je sais bien, reprit John avec enthousiasme, que ma chère Suzanne ne peut être irritée contre moi ! Elle voit le fond de mon cœur, elle doit comprendre....

— Paix ! interrompit Karl avec autorité ; il est temps ! »

Prenant une pose théâtrale, il tendit le bras vers la lampe et dit très haut :

« Lampe, tu brilles trop... Diminue ton éclat [1]. »

Avec la soudaineté qui caractérise un « coup de feu » à la rampe d'un théâtre, la flamme pâlit, s'abaissa et devint un simple point lumineux, qui ne permettait même plus de distinguer la table placée au-dessous.

Alors, au milieu des ténèbres, le conjurateur

1. Voyez la note à la fin du volume.

prononça une formule dans une langue inconnue
et inintelligible. A mesure qu'il parlait, on voyait
de légers serpents de feu voltiger en l'air[1] ; des
étincelles de diverses couleurs brillaient çà et là
pour s'évanouir aussitôt ; les têtes de mort en
broderie d'argent qui ornaient les tentures, s'il-
luminaient par intervalles, puis disparaissaient.
Tout cela avait lieu dans le plus profond silence ;
on n'entendait absolument que la voix du médium répétant la mystérieuse formule.

Comme le nabab, très effrayé malgré sa promesse, observait ces prestiges, Karl se tut,
la conjuration étant finie sans doute, et une
odeur suave de roses fraîchement cueillies se
répandit dans toute la pièce[1].

Karl, que l'on ne pouvait voir dans l'obscurité,
s'approcha du nabab et, lui posant la main sur
l'épaule, lui dit d'un ton de ravissement :

« Réjouissez-vous.... Tout marche à souhait...
Suzanne agrée votre hommage ; elle vous en
donne ce signe éclatant que j'espérais de sa bienveillance. »

Puis, élevant le bras :

« Lampe, dit-il, éclaire-nous. »

La flamme revint avec la rapidité qu'elle avait

1. Voyez la note à la fin du volume.

mise à s'éclipser, et versa sur la table, placée au-
dessous d'elle, un flot de lumière. Alors apparut
sur cette table une immense corbeille, en filigrane doré, toute remplie de roses, d'une fraîcheur surprenante et d'une espèce que John n'a-
vait jamais trouvée en Angleterre.

« Ah ! je reconnais ces fleurs ! s'écria le nabab, transporté à son tour ; elles sont semblables à celles que nous allions cueillir, Suzanne
et moi, sur les coteaux des Nilgheries, là-bas
dans l'Inde !

— Vous avez raison, Hartley, dit Karl avec
gravité ; ces fleurs proviennent certainement de
la vallée de Cachemyre. »

Prenant la plus belle rose, il la remit à John,
qui se pencha pour la sentir et pour déposer un
baiser sur ses pétales satinés. Quand il se redressa, la magnifique corbeille s'était évanouie ;
il en restait seulement la fleur qu'il tenait à la
main.

« Sans doute, dit Karl en souriant, Suzanne
a voulu témoigner que son présent était pour
vous seul.... Maintenant le signe que nous espé-
rions est donné, et, selon toute apparence, nous
allons obtenir des manifestations plus significa-
tives encore. »

Il eut l'air de réfléchir ; puis, voyant John presser avec émotion la rose des Nilgheries contre ses lèvres, il reprit :

« La complaisance évidente de l'Esprit de Suzanne à votre égard m'encourage à tenter une expérience... Qu'est-il besoin d'un médium, c'est-à-dire d'un intermédiaire, entre l'Esprit de votre femme défunte et vous? Je désire que vous l'interrogiez en personne, et j'ai la certitude qu'il répondra.

— Cher maître, dit John tout palpitant de joie, croyez-vous vraiment.... Mais comment dois-je m'y prendre?

— Rien de plus simple.... Vous allez vous asseoir dans ce fauteuil, qui est là devant la table; vous tournerez votre visage vers l'orient, indiqué par cette tête de chimère sur la draperie, et vous n'aurez qu'à demander à voix très haute : « Esprit, es-tu ici? » Si l'Esprit répond, ainsi que je l'espère, vous n'aurez plus qu'à l'interroger, comme si vous étiez seul avec lui.... Tenez, continua Karl, j'ai une telle confiance dans le résultat de votre tentative, que je ne crois même pas nécessaire de commander à la lampe de diminuer son éclat. L'Esprit a tant de bonté pour vous, il est, si j'ose me servir de cette expression, si bien apprivoisé déjà, qu'il ne saurait s'effrayer de cette grande lumière. »

Ainsi encouragé, John alla s'asseoir dans le fauteuil et prit la pose indiquée, tandis que Karl restait debout derrière lui, en apparence pour l'assister au besoin, mais en réalité pour exécuter plus sûrement certaines manœuvres indispensables.

Après un moment d'hésitation, le nabab demanda, d'une voix un peu tremblante mais forte :

« Esprit, es-tu ici ? »

Aussitôt une voix, qui n'avait rien de féminin, mais dont, au contraire, le timbre était éclatan et comme métallique, répliqua :

« Je suis ici. »

Karl fit un soubresaut ; cette voix ne venait pas de la direction où il l'attendait, et elle avait un caractère de nature fort alarmante.

John demeurait interdit par la soudaineté de la réponse ; la voix reprit, sans qu'on lui eut adressé de question nouvelle :

« Oui, John Hartley, je te vois, je t'entends, et je veille sur toi avec sollicitude ! »

Karl était livide, et si le nabab se fût retourné en ce moment, il aurait pu s'apercevoir que le malencontreux médium, tout frémissant, chancelait sur ses jambes. Cependant la colère dominait encore chez Karl sa mortelle anxiété.

« Que dit donc cette stupide créature? pensait-il en songeant à Mme Jellous; ce n'est pas là ce qui était convenu ! »

John Hartley reprit avec entraînement, en joignant les mains :

« Suzanne, chère Suzanne! Il est donc vrai que tu veilles sur moi?.... Eh bien, hâte-toi de m'apprendre par quel moyen doit s'opérer ta matérialisation, afin que je puisse contempler tes traits, t'admirer, te serrer dans mes bras! »

Comme l'on tardait à répondre, Karl prit brusquement son parti.

« Monsieur Hartley, dit-il avec résolution, il se passe ici quelque chose d'extraordinaire que je ne m'explique pas encore.... Retirons-nous.... La séance est finie. »

Saisissant John par la main, il voulut l'entraîner hors de la salle ; mais, avant que John eût eu le temps de se lever, la voix se fit entendre de nouveau et dit, avec un timbre à la fois railleur et menaçant :

« Non, la séance n'est pas finie.... John Hartley, écoute mes paroles: ce n'est pas le médium, que je vois auprès de toi, qui opèrera la matérialisation de ta pauvre Suzanne; mais deux heures ne seront pas écoulées que tu verras arriver l'homme qui doit donner à chacun ici sa

récompense.... Préparez-vous tous à le recevoir !

— Esprit, s'écria John, je voudrais apprendre
encore...

— Adieu ! reprit la voix, adieu... adieu. »

Et chacune de ces paroles était moins distincte,
comme si l'on s'éloignait rapidement.

Karl ahuri, consterné, ne savait quelle contenance garder ; le nabab, au contraire, paraissa
au comble de la joie.

« Vous l'entendez, cher maître, reprit-il, un
aide puissant nous arrivera dans deux heures... Cette œuvre, qui vous semblait si difficile,
va s'accomplir. Celui que nous attendons est
sans doute aussi un habile médium et vous ne
manquerez pas d'être d'accord ensemble.

— Je vous ai dit, répliqua le spirite d'un ton
saccadé, qu'il y a dans tout ceci quelque chose
d'incompréhensible. Nous sommes, je le crains,
victimes d'une noire machination... »

En ce moment un bruit effroyable s'éleva
dans les parties du château les plus reculées.
C'était comme un roulement de tambours, des
meubles qui se heurtaient avec fracas, des piétinements sur le plancher, de longs cris et des
gémissements lamentables.

Ce vacarme, partant de tous les points à la

Karl, ahuri, consterné, ne savait quelle contenance garder.

II — 10

fois, mit en alarme la domesticité du château. Hommes et femmes couraient en s'appelant avec inquiétude ; aucun d'eux ne savait la cause de ce bruit mystérieux. Plusieurs, affolés par l'épouvante, vinrent frapper à la porte du « sanctuaire » pour prendre les ordres du nabab.

Karl ouvrit et, enchanté d'avoir un moyen de gagner du temps, demanda de quoi il s'agissait.

Davy qui, sur la proposition de Karl lui-même, était arrivé de Londres depuis deux jours, et qui accourait avec les autres, annonça qu'il se produisait des bruits extraordinaires dont on ne pouvait se rendre compte.

« Parcourez, dit Karl brusquement, toutes les pièces de la maison, et si vous rencontrez quelque personne étrangère...

— Nous l'avons fait déjà, monsieur, répliqua Davy humblement ; mais on ne voit personne, et le fracas se produit dans des pièces fermées à clef.

— Tout s'expliquera sans doute... D'ailleurs, c'est fini et on n'entend plus rien. »

En effet, le calme le plus complet régnait maintenant dans le château.

« C'étaient des Esprits ! dit John Hartley ; il ne saurait y avoir le moindre doute à cet égard.

— Des Esprits ! » répétèrent Davy et les autres sur tous les tons de la surprise et de l'effroi.

Les récits qu'ils avaient entendu faire sur les apparitions dont ce vieux château était le théâtre, leur revenaient en mémoire, et les moins timides jetaient les yeux autour d'eux pour s'assurer si, malgré le soleil, des spectres, fraîchement sortis du tombeau, ne se montraient pas.

« Oh ! ces bruits n'annoncent rien de fâcheux, reprit John dont la joie était expansive ; ils prouvent plutôt... Mais, ajouta-t-il d'un ton différent, puisque nous avons la paix à cette heure, que chacun retourne à son ouvrage, et qu'on se tienne prêt à recevoir un hôte d'importance qui doit arriver aujourd'hui. On disposera la meilleure chambre de la maison et on recommandera au chef de cuisine de préparer un dîner délicat. »

Les domestiques, ainsi rappelés à leurs fonctions habituelles, se retirèrent, non sans échanger tout bas force commentaires sur ce qui venait de se passer.

Karl et le nabab se retrouvèrent seuls dans le sanctuaire.

Le médium dit tout à coup à John :

« Monsieur Hartley, avez-vous au doigt la bague magnétique que je vous ai donnée et qui permet de distinguer les faux prodiges des véritables?

— Non, maître; elle est restée dans ma chambre.

— C'est une grande faute, et ainsi s'explique peut-être comment vous pouvez être dupe de certaines illusions... Eh bien, pour l'heureuse fin des choses qui s'accomplissent et de celles qui se préparent, il importe que vous soyez muni de ce talisman.

— Je vais le chercher.

— Allez vite... Je vous rejoindrai chez vous tout à l'heure. »

A peine John fut-il parti, que le médium, qu dissimulait mal sa vive agitation, souleva une tenture, et ouvrit une petite porte cachée dans la boiserie. Cette porte donnait accès dans une sorte de couloir qui semblait tourner autour de la pièce. Une personne en sortit, toute pâle et tremblante. C'était Mme Jellous, qui, certainement, ne revenait pas de la ferme des Oaks.

Karl la foudroya du regard.

« Madame, dit-il avec violence, êtes-vous donc folle? Pourquoi n'avez-vous pas suivi scrupuleusement mes instructions?

— Pardonnez-moi, maître, répliqua là som-

nambule éperdue; il n'y a nullement de ma faute.
Je ne comprends pas ce qui a pu faire manquer
toutes nos combinaisons... Au moment de l'arrivée de M. Hartley, lorsque j'ai gagné mon poste,
là dans le couloir de la boiserie, j'ai trouvé nos
machines bouleversées. L'appareil optique, au
moyen duquel je devais voir dans la salle, le
cornet acoustique qui devait me permettre d'entendre les questions, le porte-voix qui devait
me donner la facilité d'y répondre, tout avait
disparu, tout avait été arraché, anéanti. Je ne
pouvais vous avertir de ce contre-temps, car
M. Hartley était là et je n'avais pas la liberté de
bouger. Or, pendant que je restais dans les
ténèbres, réduite à l'inaction, j'ai entendu auprès
de moi cette voix étrangère qui répondait à vos
demandes.... D'où venait-elle? Qui était celui qui
parlait?... Encore une fois, ce serait à croire à
l'existence des Esprits.

— Sotte! répliqua Karl avec impatience; mais,
s'il en est ainsi et s'il n'y a pas de votre faute
dans cette affaire, évidemment nous avons un
ennemi acharné, qui s'étudie à traverser nos desseins. Déjà hier au soir, ce rire railleur qui vous
a tant effrayée, quand vous jouiez le personnage
de la reine Edith, était produit par ce personnage.... Le petit muet n'est pour rien dans l'af-

faire.... Plus de doute à présent! Quelqu'un a deviné nos plans et travaille à les ruiner. Ce « quelqu'un » est sans doute l'individu dont on annonce l'arrivée pour aujourd'hui avec tant de solennité !

— Et vous ne soupçonnez pas, Karl, qui peut avoir intérêt....

— Eh ! ma chère, cela saute aux yeux ; c'est ce vieux fou de docteur Hartley, qui s'est brouillé avec son frère à cause de nous et qui a recueilli dans sa maison la petite Néridah. Je pensais bien qu'il ne nous oubliait pas, et voilà pourquoi je voulais brusquer les choses ; mais mille difficultés de détail m'ont empêché jusqu'ici.... Oui, le fai est certain, ces machinations proviennent du docteur Hartley ... Quel est son plan à lui? Je l'ignore, mais nous devons tout craindre.

— Alors, maître, dit Mme Jellous très effrayée, il serait périlleux d'en attendre le résultat. Songez que le docteur est en rapport avec le chef de la police de Londres.... Peut-être ferions-nous sagement de quitter sur-le-champ ce pays.

— Je ne lâcherai pas prise si facilement, dit Karl d'un air d'obstination ; les quelques mille livres sterling que nous avons tirées d'Hartley, ces derniers temps, ne sauraient nous suffire quand on a, comme nous, convoité toute sa co-

lossale fortune. D'ailleurs, j'aime la lutte, vous
le savez.... Je ne suis point de ces spirites vulgaires qui s'aplatissent devant la cour[1]. Je veux
voir ce médium fameux qui me défie au combat,
je veux me mesurer avec lui.... Je tiendrai bon
jusqu'au dernier moment, et puisque nous voilà
avertis, nous pouvons triompher !

— Écoutez-moi, Karl : vous allez m'accuser
encore de faiblesse, de lâcheté ; mais maintenant
je suis convaincue que la lutte tournera contre
nous.... Le plus sûr est de fuir sans hésiter.... de
fuir à l'instant même !

— Ce serait lâche, et de plus nous donnerions
ainsi des armes contre nous.... On se mettrait à
notre poursuite dans des conditions déplora-
bles.... En outre, j'ai besoin de quelques jours
afin de réaliser les valeurs en ma possession ; ce
maudit sollicitor ne m'a pas soldé jusqu'ici les
mille livres, pour ma part dans la vente du château.... Enfin, je vous le répète, je ne redoute
pas le combat qui s'annonce, et vous ne connaissez pas encore tout ce dont je suis capable,
ma chère Jellous.... Autant vaudrait essayer
d'enlever à un lion la proie sur laquelle il a
posé sa griffe, que de me faire renoncer au

1. Voyez la note à la fin du volume.

fruit de mes combinaisons et de mes peines....
Et puis, ajouta-t-il avec une énergie effrayante en
baissant la voix, si la lutte devenait impossible,
si j'étais vaincu sans espoir de revanche, je ne
reculerais devant aucun moyen pour me venger....
Et j'ai des moyens puissants, irrésistibles, dont
je me suis déjà servi plus d'une fois ! »

Mme Jellous, si dépravée qu'elle fût, ne put
s'empêcher de frémir et détourna la tête.

« Karl, Karl, murmura-t-elle, songez aux conséquences redoutables.... Il vaudrait mieux suivre
mon conseil.

— Allons ! ma chère, dit Karl en souriant, la
peur vous fait extravaguer ; ayez confiance....
Mon adversaire peut venir ; nous verrons bien
qui sera le plus habile et le plus fort ! En attendant, je vais rejoindre le nabab. Je ne suis sûr
de rien dès qu'il est hors de ma vue et qu'il
échappe à mon influence ; mais, moi présent, je le
tiens dans ma main. Je n'aurai pas de peine, j'imagine, à lui persuader que tout ce qui se passe est
l'œuvre d'un vulgaire Esprit de ténèbres, contre
lequel il doit être en défiance.... Vous, ma chère
Jellous, allez vous habiller, comme si vous ren-
triez de la promenade ; puis vous reviendrez nous
trouver au salon.... Pendant le reste de la journée, soyez attentive à mes moindres paroles, à

mes moindres signes, et secondez-moi promple-
ment en toute circonstance. »

Laissée à elle-même, Mme Jellous réfléchit
quelques minutes d'un air de sombre accablement.

« Il est habile, murmura-t-elle, plein d'énergie,
de courage, et rien, pas même le crime, ne pourra
l'arrêter?... Mais il va se perdre et nous perdre
tous deux; car il y a dans tout cela quelque
chose qui me surpasse. Est-ce la honte d'avoir
tant menti dans ma vie, la fatigue de mentir
pour ainsi dire tous les jours? Je me sens écrasée
par la crainte de quelque catastrophe! Qui sait
si par ces ruses et ces pratiques, nous n'outra-
geons pas l'Esprit des Esprits, celui que l'on appelle LA PROVIDENCE? »

CHAPITRE IX

Le coffret qui parle.

Tout le château était en rumeur pour la réception de l'hôte dont John avait annoncé la venue. Nul ne pouvait deviner qui allait arriver, et le maître du logis n'en savait pas plus que ses gens à cet égard; mais on avait l'ordre de tout préparer en vue d'un personnage éminent qui allait paraître, et chacun s'escrimait de son mieux pour lui faire honneur.

Karl, comme nous l'avons dit, était allé rejoindre le nabab dans sa chambre, et avec force paroles mystiques essayait de lui prouver que l'évènement du sanctuaire avait pour cause l'intervention jalouse d'un Esprit de ténèbres. Mais John Hartley, toujours si crédule, si docile et si maniable, écoutait avec une distraction évidente. Tout en pressant contre ses lèvres la rose des Nilgheries, il tenait de l'autre main la montre de Suzanne et la consultait fréquemment du regard :

« Allons! allons! maître, dit-il enfin avec un sourire amical, je vois ce qui vous' offusque... Vous êtes un peu jaloux de ce médium auquel semble être réservé le succès de la matérialisation de Suzanne!... Cependant, si cet inconnu réussit, comme on l'annonce, votre gloire ne saurait en être diminuée. C'est vous qui le premier avez abordé cette œuvre difficile, et ma reconnaissance pour vous restera la même. Je connais votre désintéressement ; mais, quoi qu'il arrive, je veux assurer votre fortune, afin que vous puissiez vous livrer désormais à vos travaux spirites sans en être détourné par des préoccupations misérables. »

Malgré la bienveillance de ces paroles, Karl sentait déjà tout ce qu'il avait perdu de terrain dans l'esprit du nabab, et il se disposait à répondre avec vivacité, quand John ajouta, en regardant toujours sa montre :

« Réellement, maître, il pourrait bien y avoir du louche dans cette affaire.... La voix a annoncé qu'avant deux heures l'homme prédestiné serait ici ; or, dans quelques minutes, les deux heures seront expirées et l'homme ne paraît pas. »

Comme il parlait encore, un son métallique, d'une puissance extraordinaire, retentit dans tout le château ; il semblait être produit par un de ces énormes gongs, si communs dans l'Inde et la Chine, dont, amère ironie! Mme Jellous s'était servie pour recevoir John, la première fois qu'il avait frappé à la porte de la maison de Nelson-square. Personne ne pouvait dire où se trouvait l'instrument, mais le son se propagea, en éveillant mille échos, sous les voûtes, à travers les vastes salles et les longs corridors du manoir de la reine Edith.

Hartley se leva d'un bond.

« C'est *lui!* s'écria-t-il avec un accent de triomphe. Esprits, pardonnez-moi d'avoir douté! »

Au même instant, la cloche de la grande porte annonça un visiteur.

« Quand je disais! poursuivit John ; eh bien! monsieur Karl, il faut aller au-devant de *lui...*

Nous ne pouvons faire moins pour un maître aussi éminent dans la science spirite !

— Soit, » dit le médium cherchant à dissimuler sa pâleur et son dépit.

Il avait espéré que le visiteur ne paraîtrait pas, et qu'il serait dispensé lui-même de connaître son mystérieux rival.

Pendant que l'on descendait l'escalier de pierre, il murmurait :

« Ma foi ! ce gaillard entend joliment la mise en scène, et il doit avoir de nombreux complices dans la maison !... La lutte sera rude.... Il s'agit de jouer serré ! »

On traversa la cour et on se dirigea vers une voûte, qui conduisait autrefois au pont-levis du château ; mais, depuis longtemps, le pont-levis avait été remplacé par une porte massive que Karl, pour des raisons à lui connues, recommandait de tenir toujours soigneusement close. Un domestique, répondant à l'appel de la cloche, faisait tourner en ce moment un des lourds battants sur ses gonds.

Violemment surexcité, John s'attendait à voir apparaître quelque chose d'étrange et d'inouï dans l'encadrement lumineux de la voûte, un cortège fantastique, un char colossal comme celui de Jaggernaut, un archange monté sur un

hippogriffe, que sais-je? tout au moins, un che-
valier du moyen âge, couvert de fer et la visière
baissée, avec cimier et panache au sommet de
son casque. Karl lui-même avançait le cou avi-
dement, et si ses idées n'étaient pas aussi roma-
nesques que celles de John, il n'avait pas moins
une opinion bizarre de l'être inconnu qui allait
se montrer.

L'un et l'autre ne tardèrent pas à être désap-
pointés. La personne qui s'élança sous la voûte,
dès que la porte fut ouverte, et qui se dirigea
vers la cour après avoir dit un mot au domestique, était un grand et beau jeune homme, élé-
gamment vêtu. La fraîcheur de son costume
n'annonçait pas qu'il eût fait un long voyage, et
il marchait d'un pas délibéré, le sourire sur les
lèvres.

Il s'avança vers John sans hésiter; avant que
le nabab eût pu s'en défendre, il se jeta à son
cou et l'embrassa, en s'écriant :

« C'est moi, mon oncle... Et je vous aime
toujours! »

On a deviné Alfred Hartley.

Si prévenu que fût John contre son frère, il
éprouva un vif sentiment de plaisir, en reconnaissant ce neveu qui lui avait rendu de si grands
services dans l'Inde et qui était autrefois le pro-

tégé de Suzanne. Il lui rendit ses caresses avec
effusion ; cependant il ne put s'empêcher de lui
dire :

« Tu es le bienvenu, Alfred, quoique ce ne soit
pas toi que je m'attendais à voir ici à cette heure !

— Il me semble pourtant, mon oncle, répondit
Alfred toujours souriant, que mon arrivée vous
a été annoncée par des signes nombreux et passablement clairs.... On a dit que je serais chez vous
dans le délai de deux heures ; voyez, ajouta-t-il
en élevant la main vers la vieille horloge du château, il s'en faut encore d'une minute que le délai soit expiré ! »

John recula d'un pas, en regardant Alfred d'un
air ébahi.

« Que dis-tu ? s'écria-t-il ; c'est toi que dési-
gnaient ces voix et ces prodiges ? Tu es devenu un
médium, toi dont le père refuse de se rendre à
l'évidence et ne croit même pas aux Esprits ?

— Oncle John, je vous le répète, je suis *celui*
que vous attendez, et je vous en donnerai bientôt
des preuves... J'arrive de l'Inde, ajouta Alfred
d'un ton plus grave, et je viens au nom de ma
tante Suzanne Hartley, que j'aime et vénère
comme un ange de Dieu, pour vous protéger et
pour opérer une œuvre de justice... J'ai hâte d'accomplir ma mission ! »

Pendant que l'oncle et le neveu échangeaient ces paroles, tous les domestiques de la maison accouraient dans la cour, afin de voir l'étranger que leur maître attendait avec tant d'impatience. Davy était encore parmi eux et reconnut Alfred, qu'il avait vu souvent dans l'Inde. Il apprit à ses compagnons qu'il s'agissait tout simplement d'un proche parent du nabab, et comme il n'y avait plus rien de merveilleux dans cette circonstance, la plupart retournèrent à leur service. D'ailleurs, John ne tarda pas à prendre le bras d'Alfred, et ils entrèrent dans le grand salon du rez-de-chaussée.

Karl, qui les suivait, disait en hôchant la tête :

« Comment le fils du docteur peut-il être au courant de ce qui vient de se passer ici? C'est à se demander, avec Mme Jellous, si vraiment les Esprits n'existent pas ! En tout cas, l'affaire s'embrouille terriblement, car ce gaillard a pour lui l'influence de la parenté, d'une amitié ancienne. Il a connu Suzanne; il sait où il va.... Tandis que moi, maintenant, je suis dans les ténèbres.... J'ai été peut-être imprudent d'attendre ! »

Dans le salon, John, qui, malgré ses préoccupations, était décidément enchanté de revoir son neveu, proposa de faire servir quelques rafraîchissements.

« Merci, mon bon oncle, répondit Alfred ; quoique je vienne de loin, je ne boirai ni ne mangerai
avant que je n'aie accompli l'œuvre pour laquelle
je suis ici... Et vous vous souvenez que, d'après
la voix de l'autre monde, cette œuvre doit être
terminée aujourd'hui.

— Tu veux parler de la matérialisation de notre
chère Suzanne? s'écria le nabab dont les yeux
brillèrent; ah ! ce sera le comble de mes vœux !...
Et vraiment, mon cher Alfred, je comprends que
le succès de cette difficile entreprise te soit réservé,
à toi qui aimais tant ta pauvre tante et qui étais
tant aimé d'elle... Toutefois nous ne devons pas
être injustes envers l'homme supérieur qui a obtenu déjà des résultats importants... Tu connais
sans aucun doute, ajouta-t-il en prenant Karl par
la main, mon ami Karl, le médium le plus
illustre de toute l'Angleterre ?

— Oui, oui, oncle John, répondit Alfred qui
s'inclina avec une politesse railleuse ; je connais
très bien M. Karl... Je le connais mieux que vous
ne le pensez, qu'il ne le pense lui-même,... et
je l'estime selon son mérite. Peut-être, avant que
nous nous séparions, lui en donnerai-je des
preuves décisives. »

Le nabab ne soupçonna pas l'ironie qui se cachait dans ces paroles, mais que Karl comprit

très bien, ce qui rendit son air encore plus
sombre.

« A la bonne heure, reprit-il ; ainsi vous allez
réunir vos efforts pour atteindre le but auquel
nous aspirons tous. Passons, si vous le voulez
bien, dans la salle des évocations, que Karl appelle
« son sanctuaire ».

En ce moment, Mme Jellous, en toilette riche
mais sévère, entra dans le salon. On sait que,
malgré sa corpulence, elle était assez belle femme,
et elle affectait un air majestueux.

« Ah ! dit le nabab toujours avec bonne humeur, voici notre digne somnambule, à laquelle
il faut aussi, mon cher Alfred, que je te présente...
Madame Jellous, c'est mon neveu Alfred Hartley,
qui me revient de l'Inde, sur l'ordre des Esprits ! »

Mme Jellous s'inclina avec embarras. Quant
à Alfred, il salua en affectant une excessive politesse.

« J'ai entendu beaucoup... beaucoup parler de
Mme Jellous, répliqua-t-il, et je me félicite de la
voir ici. Elle représente fort bien, dans ce vieux
manoir, l'ancienne propriétaire... Edith, la femme
du Confesseur. »

John ne comprit encore rien à cette allusion ;
mais Mme Jellous devint toute pâle. Elle se glissa
derrière Karl et lui dit à l'oreille :

« Nous sommes perdus ! »

Karl fit un mouvement dont il était difficile de comprendre le sens, mais qui indiquait une violente colère.

« Madame Jellous, dit-il tout haut, votre présence nous serait inutile, et vous pouvez, si cela vous plaît, remonter dans votre chambre.

— Pourquoi cela ? s'écria Alfred qui tenait à ne pas perdre de vue en ce moment une femme aussi rusée que la somnambule ; je n'ignore pas quels services elle vous a rendus, maître Karl ; elle pourra nous en rendre de nouveaux pour ce qui nous reste à faire... »

Et il ajouta ironiquement :

« Elle est si lucide ! Elle a tant d'affinité avec les Esprits ! »

Ces quelques paroles, prononcées d'un ton calme et simple, mais si menaçantes au fond, achevèrent d'enlever à Karl ses velléités de résistance :

« Toute réflexion faite, monsieur John, dit-il brusquement, il ne me convient pas de prendre part à des opérations où je n'aurais sans doute à jouer qu'un rôle secondaire... Allez avec votre neveu, qui est un médium si puissant, dans la salle des évocations, et trouvez bon que je m'abstienne de vous y accompagner. »

Il fit mine de sortir ; mais Alfred se plaça résolument devant lui.

« Ce serait une offense pour moi, maître Karl, dit-il ; et d'ailleurs, que penserait de vous mon bon oncle John, si vous refusiez ainsi votre concours à la manifestation complète de la vérité ?

— Alfred a raison, reprit le nabab ; ne me laissez pas croire, maître, qu'un homme tel que vous peut éprouver une mesquine jalousie.... Vous me feriez douter de votre pouvoir. »

Karl se mordit les lèvres.

« Soit, répliqua-t-il ; allons au sanctuaire.

— Passez le premier, ainsi que Mme Jellous, dit Alfred avec une politesse affectée dont le sens n'échappa ni à l'un ni à l'autre, et hâtons-nous, car la journée s'avance, et nous pourrions être interrompus d'une manière peut-être fâcheuse. »

Pendant qu'on longeait un corridor conduisant à la salle des évocations, Karl eût bien voulu échanger quelques mots avec la somnambule, qui marchait toute tremblante à son côté. Mais il sentait le regard perçant d'Alfred fixé sur lui, et les deux complices demeurèrent silencieux l'un et l'autre.

On atteignit le sanctuaire. Karl, en sortant deux heures auparavant, en avait emporté la clef, comme il faisait toujours, de peur qu'on ne vînt déranger ses appareils, et il ne doutait pas que, dans cette pièce, si habilement machinée par lui, il ne trouvât moyen d'opérer encore quelque prodige pour réduire au silence le terrible neveu du nabab. Aussi, ayant ouvert la porte, entra-t-il d'un air confiant et relativement assuré. Il se sentait sur son terrain et avait presque honte de ses défaillances.

Personne, en effet, n'avait pu pénétrer dans cette pièce depuis qu'il en était sorti et il lui sembla que les choses se trouvaient absolument dans l'état où il les avait laissées. Les volets restaient fermés derrière les tentures noires aux ornements d'argent, et la salle n'était éclairée que par la lampe suspendue au plafond, au-dessus de la table d'ébène. Un silence morne y régnait, comme à l'ordinaire, et un tapis épais étouffait le bruit des pas.

Le nabab, en franchissant le seuil de ce lugubre appartement, ne put se défendre d'une sorte de respect religieux et se tut. Alfred Hartley donna prestement un tour à la serrure et mit dans sa poche la clef que le médium, troublé, avait oublié de retirer; puis il s'écria d'un ton délibéré :

« Oh! oh! quelle forte odeur de roses on sent

ici! Il doit y avoir des fleurs cachées quelque part.

— Mon neveu, dit John, ces roses, qui venaient des Nilgheries, étaient un présent de Suzanne; mais on ne les a vues qu'un moment, bien qu'on les sente encore... Une seule m'est restée, c'est celle qui est à ma boutonnière.

— Vous moquez-vous, mon oncle? dit Alfred avec gaieté; ces fleurs doivent être encore ici, j'en ai la certitude... Vous allez voir ! »

Il s'approcha de la table d'ébène et toucha un bouton caché dans les élégantes sculptures du meuble. Aussitôt le dessus de la table s'ouvrit et la corbeille en filigrane doré, toute pleine de roses exotiques, apparut à la place qu'elle avait occupée et où Karl l'avait mise pendant que John détournait la tête. Elle était restée couverte jusque-là par une draperie, entourant la table et retombant jusqu'à terre.

Le nabab se retourna vivement vers Karl, qui devenait de plus en plus livide.

Mais Alfred ne jugea pas à propos de triompher pour si peu. Il poursuivit, avec un imperturbable sang-froid :

« Je vous disais bien, oncle John, que l'Esprit n'avait pas remporté ses roses ! Ensuite, elles peuvent ne pas venir d'aussi loin que les Nilghe-

ries... Smith, votre ancien jardinier, qui demeure
à moins d'un mille d'ici, avait reçu de la part de
ma bonne tante Suzanne, des graines de ces
fleurs, dans un temps où vous n'étiez plus propriétaire de la ferme des Oaks... Il en a semé dans
son jardin, et la première fois qu'en vous pro-
nant à cheval, vous passerez près de la maison
de Smith, vous pourrez demander à voir ses
belles plantations de rosiers [1]. »

Alfred parlait comme s'il se fût agi d'une
chose fort simple et fort naturelle. Il n'en pro-
duisit que plus d'impression sur son oncle,
qui continuait de regarder Karl avec un embarras à peine moins grand que celui du médium.

« Tout ceci est bien étrange, reprit le nabab;
j'avais cru jusqu'ici... Il doit y avoir dans cette
affaire quelque influence fâcheuse, quelque intervention d'un Esprit de ténèbres!... Karl n'est
pas moins un médium de premier ordre, qui a
obtenu pour moi d'importantes et précieuses manifestations. »

Alfred se redressa et répliqua d'un ton ma-
gistral :

« Mon oncle, il y a, vous ne l'ignorez pas, de

---

1. Voyez la note à la fin du volume.

Aussitôt le dessus de la table s'ouvrit et la corbeille en filigrane
doré apparut.

faux et de véritables prestiges... Celui des roses
des Nilgheries ne saurait compter parmi les véritables... Tenez, à mon tour, je vais faire disparaître ces fleurs. »

Il toucha un nouveau bouton ; la corbeille de
roses rentra dans l'intérieur de la table et un
panneau se referma par-dessus, de manière à en
effacer toute trace.

Un silence éloquent suivit cette démonstration. Mme Jellous, assise sur un canapé, n'osait
souffler mot. Karl promenait autour de lui des
regards furibonds, méditant peut-être quelque
acte de vengeance. Il n'était pas au bout de ses
épreuves.

« Mon oncle, dit Alfred avec son accent impo-
sant, je vous ai été annoncé moi-même par les
Esprits comme un médium de quelque pouvoir,
et il est temps que je vous donne des preuves de
ma mission... Moi aussi, je vais vous faire entendre la voix de Suzanne, ici, à l'instant même...
Et cette fois, la bonne et sainte femme, dont un
Esprit malfaisant avait pris la place, ne vous dira
que la verité !

— Est-il possible ! s'écria John que l'annonce
d'un prodige ou d'une manifestation spirite ré-
veillait toujours ; tu vas, mon cher neveu, me
aire entendre la voix de Suzanne? Eh bien !

qu'attends-tu? De quel côté doit venir cette voix chérie?

— Mon oncle, répondit Alfred en indiquant une espèce de boîte déposée sur un guéridon voisin, la voix sortira de ce coffret.

— Ce coffret! » répéta le nabab ébahi.

Karl et Mme Jellous tournèrent les yeux vers l'objet désigné; Karl se leva impétueusement.

« Comment cette boîte se trouve-t-elle ici? s'écria-t-il; je ne la connais pas, elle ne s'y trouvait pas il y a deux heures... Personne n'a pu pourtant entrer dans cette pièce, puisque j'en avais la clef dans ma poche, comme vous l'avez maintenant dans la vôtre.

— Eh bien! maître Karl, répliqua Alfred froidement, c'est qu'elle y aura été sans doute apportée par les Esprits. »

On entoura le coffret, dont la présence en cet endroit semblait si extraordinaire, et on l'examina avec curiosité dès qu'Alfred en eut soulevé le couvercle.

Dans l'intérieur était un cylindre, que l'on pouvait mettre en rotation au moyen d'une manivelle placée à un bout. De l'autre extrémité sortait un axe d'un pouce de diamètre, portant un sillon profond creusé en spirale. Sur le côté, on voyait un cornet en métal. Cette machine, fort simple en apparence, était nouvelle pour tous les assistants, sauf peut-être pour Alfred.

Karl ricanait.

« Quelle est cette ridicule invention ? dit-il, et qu'importe à la science spirite un pareil enfantillage ?... Monsieur Hartley, poursuivit-il avec véhémence, ne vous apercevez-vous pas que l'on cherche à vous tromper ? Votre neveu est envoyé ici par son père, le docteur Hartley, qui est devenu votre ennemi mortel, et par Néridah, cette enfant que Suzanne a désavouée. Il peut vous abuser par des tours d'escamotage, et détruire votre confiance dans une science dont vous avez vu tant de merveilles. Si j'avais commis le crime de machiner cette table et d'y placer ces roses, comment le saurait-il ? Oui, il y a un escamoteur ici.... mais cet escamoteur, c'est celui qui vient contrefaire avec des fleurs naturelles des fleurs spirites. Signifiez-lui donc qu'il perd son temps, ou bien permettez-moi de me retirer avec Mme Jellous, qui, comme moi, s'indigne de telles profanations. »

John, cruellement embarrassé, semblait incapable de prononcer une parole.

« Mon oncle, dit Alfred toujours avec le plus grand sang-froid, je vous ferai remarquer que maintenant c'est M. Karl qui a l'air de ne pas

croire aux Esprits.... Si vous admettez les manifestations des siens, pourquoi n'admettriez-vous
pas aussi celles des miens? Ma mission auprès
de vous n'est-elle pas annoncée par des signes
assez éclatants? Vous l'avez dit vous-même,
entre M. Karl et moi il n'y a qu'une jalousie de
métier. »

Karl haussa les épaules.

« Mon oncle, continua Alfred, je vous répète
que je désire, à mon tour, vous donner des
preuves certaines de mon pouvoir.... Vous voyez
cette boîte, à laquelle est adaptée une manivelle
comme aux boîtes à musique.... Tournez cette
manivelle ou faites-la tourner par une des personnes présentes... La voix de Suzanne sortira
aussitôt du coffret et ne prononcera plus que des
paroles véridiques.

— Bon! répliqua Karl avec mépris, M. Alfred
Hartley est ventriloque[1], et il fera dire au coffret
ce qu'il voudra.

— Je ne suis pas ventriloque; pour qu'on ne
puisse donner cette explication au phénomène
qui s'accomplira, je vais me retirer à l'extrémité de la salle et tenir ma main devant ma
bouche. »

1. Voyez la note à la fin du volume.

En effet, Alfred alla s'asseoir près de la porte, de manière que toute intervention de sa part fût impossible.

John ne pouvait surmonter son malaise. Surpris, confus, terrifié, il ne savait plus que penser et que faire.

Karl protesta avec énergie que jamais il ne prêterait son concours à une ridicule manœuvre.

« Eh bien! si maître Karl refuse de tenter l'épreuve, pourquoi la bonne Mme Jellous ne la tenterait-elle pas?

— Moi! moi! s'écria la somnambule avec épouvante, je n'oserais!

— Allons donc! lui cria Alfred d'un ton railleur, quelques tours de votre main si blanche et si légère suffiront. »

Mme Jellous hésitait et regardait Karl.

« Hum! ma chère, dit le médium dédaigneusement, cédez, puisqu'on vous en prie!... Ce que l'on annonce ne se produira pas, à moins de quelque supercherie que je reconnaîtrai sans peine. »

Ainsi encouragée, Mme Jellous se dirigea en chancelant vers le coffret. John, qui en était à quelques pas, se pencha en avant avec anxiété, pour mieux voir et mieux entendre.

La somnambule hésita quelques secondes;

enfin elle tourna la manivelle par un mouvement fébrile.

Une voix douce et accentuée, une voix de femme dans laquelle John crut encore reconnaître celle de Suzanne, se fit entendre ; et cette voix, qui sortait sans aucun doute du cornet de la boîte, prononça distinctement ces paroles :

« *Karl est un imposteur.* »

Mme Jellous poussa un cri, lâcha la manivelle et alla tomber, à demi évanouie, dans un fauteuil.

« Grand Dieu ! murmura-t-elle, il y a donc de véritables prodiges ! »

John demeurait comme frappé de la foudre. Alfred s'agitait à sa place, en criant :

« Continuez, continuez, ce n'est pas fini.... Le coffret a quelque chose à dire encore. »

Karl grinçait des dents.

« J'en étais sûr ! reprit-il ; c'est une machination de ce jeune homme et de son père, pour me faire perdre la confiance et l'affection de M. John !.. Mais le piège est grossier.... Il y a sous ce coffret quelque tuyau acoustique qui transmet la voix venue du dehors.... On ne me prend pas, moi, à ces trucs misérables !

— Avec lesquels vous avez souvent pris les les autres ! répondit Alfred sans bouger ; mais j'invite mon oncle à soulever ce coffret et à s'assurer qu'il ne contient pas de tuyaux acoustiques. »

John s'approcha machinalement et souleva la boîte sans peine. La table était lisse et solide ; rien n'indiquait l'existence des appareils que soupçonnait le prétendu médium.

« Maintenant, mon oncle, poursuivit Alfred, puisque vous y mettez tant de complaisance, tournez, je vous prie, la manivelle de cette machine que ne connaît pas M. Karl. Suzanne a autre chose à vous apprendre et vous vous convaincrez par vous-même.... »

Le nabab obéit convulsivement.

Alors la voix féminine se fit entendre de nouveau au fond du coffret et dit avec netteté :

« *John, on t'a menti au sujet de Néridah. Elle* « *est bien ta fille et la mienne.* »

John, à son tour, faillit tomber à la renverse en écoutant cette révélation, qui effaçait toutes les révélations précédentes. Il continua par une sorte d'instinct à manœuvrer la machine, mais aucun son ne sortit plus du coffret ; évidemment la « manifestation » était finie.

Karl avait senti le coup ; il allait et venait comme un furieux. La colère dissipait complètement sa frayeur.

« J'ignore comment s'opère ce tour de magie

blanche, reprit-il en écumant, mais c'est une
infamie.... Monsieur Alfred Hartley, quoi qu'il
arrive, vous allez payer cher vos abominables
machinations ! »

Il tira de sa poche un poignard et courut sur
Alfred, qui était à l'autre bout de la salle. Mais
avant qu'il l'eût atteint, la lampe s'éteignit et on
se trouva dans une obscurité profonde.

Karl ne s'arrêta pourtant pas et porta un coup
de poignard, dans la direction où il venait de
voir son adversaire. La lame ne rencontra que
la muraille, et un éclat de rire, parti à côté de
lui, sembla railler sa fureur impuissante.

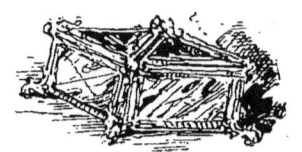

CHAPITRE X

Le coup de foudre.

Karl, parvenu à cet état d'exaspération qui exclut toute réflexion et toute prudence, ne cessait de s'agiter au milieu des ténèbres, brandissant son poignard, au risque d'atteindre sa complice ou John lui-même. Comme il errait ainsi, sans rencontrer son adversaire, il entendit derrière lui une voix moqueuse qui disait :

« Maître Karl, regardez au plafond. »

Le médium s'arrêta instinctivement et ses yeux prirent la direction indiquée. Une inscrip-

tion, en lettres de feu, flamboyait au plafond de
la salle.

Karl était trop irrité pour s'inquiéter de cette
circonstance :

« Morbleu! dit-il, croit-on m'effrayer au moyen
de quelques mots écrits avec du phosphore? Je
connais le tour, car je l'ai pratiqué souvent moi-
même.

— Lisez! » reprit la voix qui avait déjà changé
de place.

Karl ne put s'empêcher de céder à cette invitation.

L'inscription lumineuse contenait ces mots :

Le destructeur du KIRBECK *va recevoir son châtiment.*

« Qui dit que je suis le destructeur du *Kirbeck ?* s'écria Karl hors de lui; ce n'est pas moi
qui ai causé le naufrage de ce navire.... Je le
prouverai!... C'est un mensonge, une abominable calomnie.... Mais, continua-t-il avec un
redoublement de rage, le misérable qui me per-
sécute ainsi recevra son châtiment avant que le
destructeur du *Kirbeck* ait reçu le sien.... Il va
mourir, dussé-je ensuite mourir moi-même!... »

Et il se lança de nouveau à la poursuite de son
ennemi invisible, heurtant les meubles, portant
des coups au hasard avec rage. Mme Jellous, qui

craignait une méprise dans l'obscurité, poussait des cris de terreur; John lui-même balbutiait des paroles sans suite, tandis que quelque chose de léger et d'insaisissable passait et repassait sans cesse auprès d'eux.

Tout à coup, on frappa rudement à la porte de la salle, et une voix mâle cria du dehors :

« Ouvrez.... ouvrez, au nom de la reine! »

Tout le monde se tut et demeura immobile.

« Ouvrez, au nom de la reine! » répéta-t-on en frappant plus fort.

Quoique personne ne bougeât, la porte tourna sur ses gonds; en même temps, les volets de la salle, qui se manœuvraient au moyen d'un ressort, s'écartèrent à la fois, les draperies se relevèrent, et des flots de lumière blanche pénétrèrent dans la pièce.

Les personnes qui s'y trouvaient furent d'abord comme éblouies et demeurèrent en place. Mme Jellous, réfugiée sur son canapé, essayait de se faire un rempart avec des coussins; John, tout frémissant dans son fauteuil, baissait la tête, tandis que Karl, son poignard à la main, s'arrêtait, les yeux blessés par cet éclat subit. Seul Alfred Hartley, debout à quelques pas, attendait, calme et souriant, ce qui allait arriver.

Quatre policemen en uniforme entrèrent les

premiers; puis parut un officier du shérif, portant
un papier roulé et son bâton de constable. A côté
de lui se tenait Samuel, le petit muet, qui, le
visage animé, l'œil brillant, semblait servir de
guide. Derrière eux se groupaient les domestiques de la maison que cette descente de justice
chez leur maître avait mis en émoi; mais aucun
d'eux n'osa franchir le seuil de la porte.

A peine entré, Samuel toucha le bras du constable et désigna Karl, en faisant entendre des
sons inarticulés, qui sans doute voulaient dire :
Le voilà.

L'officier, à son tour, adressa un signe aux
policemen et, sans porter encore la main sur
Karl, ils se mirent à le surveiller de près. Alfred
dit au constable, avec un sourire d'intelligence :

« Vous arrivez à propos, monsieur; notre
homme commençait à devenir passablement récalcitrant et je tenais, comme vous savez, à ce
qu'il tombât intact entre vos mains.

— J'ai pourtant suivi fidèlement mes instructions, répliqua le constable; mais, où est M. John
Hartley, le maître de cette maison? »

Le pauvre nabab était tellement ahuri par tout
ce qui lui arrivait depuis quelques heures, il
avait passé par tant d'épreuves et tant d'émotions, le fantastique et le réel se confondaient si

Quatre policemen en uniforme entrèrent les premiers.

bien dans son cerveau, qu'il ne voyait plus, n'entendait plus, ne comprenait plus rien aux évènements. Aussi ne répondait-il pas, et il fallut qu'Alfred montrât son oncle à l'officier de justice.

« Monsieur John Hartley, reprit le constable respectueusement, j'ose espérer que vous ne vous opposerez pas à l'exécution d'un ordre de sa gracieuse Majesté la reine, et que vous m'autoriserez à arrêter chez vous un grand criminel qui est venu y chercher asile?

— Un grand criminel.... chez moi! répéta John, qui, n'ayant plus affaire à un Esprit, mais à un constable en chair et en os, recouvra un peu de sang-froid. Qui est-il? Comment s'appelle-t-il?

— Il s'appelle Marc Fehrenbach, sujet allemand, répliqua le constable en jetant un regard sur le warrant dont il était porteur.

— Je ne connais ici personne de ce nom.... Et de quel crime est accusé ce Marc Fehrenbach?

— Il en a commis un grand nombre que les investigations de la justice feront mieux connaître; mais le principal, celui pour lequel il est poursuivi en ce moment, est d'avoir fait périr, au moyen d'une de ces machines infernales qu'on nomme « rats », le beau navire anglais *le Kirbeck*,

assuré pour une somme supérieure à sa valeur
par une compagnie indo-américaine, et d'avoir
causé la mort d'une quarantaine de personnes
embarquées sur ce navire. Pendant longtemps le
coupable a pu se soustraire aux recherches les
plus actives. Mais on a découvert récemment
qu'il s'est réfugié en Angleterre, et enfin on a
acquis la certitude....

— Ajoutez, monsieur le constable, interrompit
Alfred, que j'ai bien été pour quelque chose
dans ces découvertes, moi qui étais chargé par
la compagnie indo-américaine de suivre la piste
de ce coquin.... Et il s'est trouvé que j'avais
toutes sortes de raisons pour cela.

— S'il en est ainsi, répliqua le nabab, je n'aurai
garde de m'opposer au warrant de Sa Majesté....
Ah! il s'agit du destructeur du *Kirbeck!*... Si l'on
arrête Marc Fehrenbach, ce sera une grande consolation pour mes bonnes voisines, les dames
Swift, et pour ce cher enfant, que le crime d'un
scélérat a rendu orphelin! »

En même temps, il posait la main sur la tête
blonde du petit muet, qui venait de prendre place
auprès de lui.

Le constable s'inclina en signe de remercie-
ment.

« A présent, dit-il, que j'ai l'autorisation du

maître de cette demeure, il n'y a plus qu'à exécuter l'ordre que j'ai reçu. »

Se tournant vers Karl, il lui toucha l'épaule de sa baguette :

« Marc Fehrenbach, dit-il, je vous arrête au nom de la reine! »

Karl fit un saut en arrière et s'appuya contre la muraille.

« Je ne m'appelle pas Marc Fehrenbach, s'écria-t-il; je suis sujet allemand, il est vrai, mais je n'ai pas d'autre nom que Karl.... Demandez plutôt à Mme Jellous! »

La somnambule, suffoquée par la frayeur, put seulement balbutier :

« Je.... je ne sais pas. »

Karl lui jeta un regard étincelant ; mais l'attention du constable s'était tournée vers la compagne habituelle du spirite.

« Ah! c'est vous, dit-il en l'examinant de la tête aux pieds, qui êtes Mme Jellous, la somnambule d'Egyptian-Hall?.... Je suis chargé aussi de vous conduire devant le shérif du comté, pour que vous donniez des explications sur certains agissements de sorcellerie et d'escroquerie; et à moins que vous ne puissiez fournir caution pour une somme qui sera fixée par le shérif....

— Cette caution je la fournirai, s'écria l'excel-

lent John ; et j'espère que la pauvre femme
pourra se laver des soupçons qui pèsent sur elle. »

Néanmoins le constable toucha de sa baguette
l'épaule de Mme Jellous, en prononçant la formule sacramentelle :

« Suivez-moi.... au nom de la Reine ! »

Mme Jellous se renversa sur le canapé, en
proie à une violente attaque de nerfs. Mais on
ne s'inquiétait pas de ses gémissements et de ses
convulsions.

Karl, toujours appuyé contre la muraille, une
main cachée dans ses vêtements, dit au nabab,
d'un ton qui n'avait plus sa jactance ordinaire :

« Et moi, mon bon monsieur Hartley, n'inter-
viendrez-vous pas aussi en ma faveur ? N'offri-
rez-vous pas caution au juge pour qu'il me laisse
en liberté provisoire ? Je ne suis pas le destructeur du *Kirbeck* ; je suis votre ami, je vous ai
donné de nombreuses preuves de mon dévouement comme de mon pouvoir, et c'est pour cela
que votre famille, surtout votre neveu, me per-
sécute avec tant d'acharnement.... Dites, ne
dois-je pas compter sur votre bienveillant appui ? »

John n'était pas habitué à entendre l'audacieux
Karl lui parler sur ce ton humble et suppliant ;
d'ailleurs, son épuisement le rendait moins
ferme que jamais, et il parut hésiter.

« Mon oncle, s'écria Alfred, vous laisseriez-vous prendre encore aux paroles mielleuses de cet affronteur, de ce scélérat ? Outre les crimes horribles qu'il a commis d'autre part, ne vous a-t-il pas abusé par son charlatanisme, par ses faux prestiges, par ses infâmes calomnies contre Suzanne, contre la douce et innocente Néridah ? Il vous a trompé, il vous a menti, et en vous trompant, il vous a fait commettre, à vous-même, des actions injustes et mauvaises.... Votre règne est fini, Marc Fehrenbach, poursuivit-il avec véhémence en s'adressant au spirite ; vous n'avez jamais été un médium, mais un vil escamoteur, et la justice vous prouvera encore que vous êtes un escroc, un voleur et un assassin.... J'ai eu le bonheur de tourner contre vous toutes les fourberies dont vous vous serviez contre mon oncle et d'en employer d'autres, qui vous étaient inconnues ; je vous ai battu avec vos propres armes,.... Acceptez votre défaite.... Si vous avez vraiment le pouvoir surnaturel dont vous vous targuez, on ne doit concevoir pour vous aucune crainte ; les Esprits vous tireront de la prison du comté, et.... qui sait ? vous sauveront peut-être de la corde ! »

Tout autre que Karl eut été accablé par ces énergiques accusations ; mais il était endurci

depuis longtemps contre l'injure et le remords.
Il écoutait à peine Alfred Hartley ; tout son espoir était dans John, dont il connaissait l'incu-
rable faiblesse à son égard, et il pensait encore
que le nabab allait intervenir pour le tirer de ce
mauvais pas. Aussi dardait-il sur lui un regard
perçant, le regard que le serpent darde pour fas-
ciner et attirer sa proie.

« John ! John ! dit-il, répondez.... M'abandon-
nerez-vous après que je vous ai donné tant de
preuves d'amitié, de respect et de véritable
abnégation ? »

Le nabab s'agitait d'un air de malaise, sans
répondre. Ayant rencontré le regard doux, clair,
caressant d'Alfred, qui contrastait avec l'œil étincelant de Karl, il détourna la tête.

« Que la justice ait son cours ! » dit-il.

Cette espèce de sentence porta au comble
l'exaspération de Karl ou plutôt de Marc Fehrenbach. Il poussa un cri de rage ; et, avant que les
policemen chargés de veiller sur lui eussent pu
s'y opposer, il tira son poignard qu'on n'avait
pas songé à lui enlever et s'élança vers John, en
disant d'un ton farouche :

« En ce cas, justice pour tous ! »

Ses mouvements étaient si vifs et si rapides
que John n'aurait pu lui échapper si quelqu'un

ne se fût jeté dans les jambes de Karl, et ne l'eût renversé sur le plancher en tombant avec lui. Au même instant, une voix argentine, inconnue de tous les assistants, s'écria avec l'accent de la terreur et de la colère :

« Assassin ! »

Au milieu du désordre causé par l'accès de frénésie de Karl, cette circonstance ne fut pas remarquée. Les policemen se précipitèrent sur le misérable avant qu'il eût eu le temps de se relever, le garrottèrent et lui passèrent les menottes. Karl écumait, rugissait, cherchait à mordre; mais sa colère était maintenant impuissante.

Pendant ce temps, Alfred avait dégagé le petit Samuel tout froissé et tout sanglant, qui venait de sauver John en se cramponnant aux jambes du meurtier. Le pauvre enfant, à peine debout, fixa sur le nabab des yeux effarés, et en le voyant sans blessure, quoique un peu pâle, il dit d'une voix embarrassée, mais distincte :

« Mon ami John, je suis content..... »

Le miracle que les médecins avaient annoncé comme possible venait de s'opérer; sous le coup d'une violente émotion, le muet avait recouvré la parole.

Malgré les vives préoccupations du moment, John et son neveu furent frappés de surprise.

— L'enfant parle ! s'écria le nabab en prenant Samuel dans ses bras.

— Oui, il a parlé ! dit Alfred tout joyeux ; voilà, mon oncle, un prodige plus étonnant que tous ceux de Marc Fehrenbach ! Mais Dieu devait bien cette consolation aux pauvres dames Swift ! »

Samuel baisait les mains d'Alfred et du nabab, et disait de sa voix encore incertaine et hésitante :

« Le méchant ira en prison.... et moi je parle.... Ma mère et tante Jenny seront bien heureuses ! »

Le constable et les policemen se disposaient, en effet, à conduire Marc Fehrenbach et Mme Jellous à la prison du comté ; mais la somnambule paraissait incapable de marcher, aussi bien que le soi-disant médium, qui était soigneusement attaché. Les gens de justice se trouvaient donc dans un grand embarras, quand John, toujours humain, dit avec effort :

« Eh bien, qu'on attèle pour ces malheureux le char-à-bancs, et qu'ils emportent ce qui leur appartient. »

Marc Fehrenbach gardait un silence farouche ; mais Mme Jellous, éperdue et tout en larmes, s'écria :

« Merci, monsieur Hartley ; vous avez toujours été bon et je déplore cruellement.... Mais j'ai été trompée moi-même sur bien des choses. »

Les policemen l'entraînèrent, ainsi que le principal coupable, et les domestiques suivirent la troupe, afin d'activer son départ.

John resta seul dans la salle des évocations avec son neveu et le petit Samuel. Il était anéanti ; renversé dans un fauteuil, il semblait n'avoir plus la force de se mouvoir ou même de parler. Enfin, des larmes abondantes vinrent soulager son cœur. L'enfant, assis sur un tabouret à ses pieds, le regardait en balbutiant des paroles caressantes, tandis qu'Alfred, penché sur le dossier du fauteuil, disait doucement :

« Pauvre oncle, quelles horribles secousses!.... Pardonnez-moi ; malgré mon affection pour vous, j'ai dû frapper fort.... bien fort.... afin de vous arracher aux intrigues d'un scélérat.

— Oui, tu as frappé très fort, Alfred, répliqua John en lui tendant la main languissamment, et je me sens brisé..... Tu as agi envers moi comme envers un enfant mutin, qui ne veut ni voir ni comprendre.... Tu m'expliqueras plus tard les choses qui me semblent obscures.... Un mot seulement : ce Karl n'était donc pas un vrai médium ?

— Non, mon oncle, mais un vulgaire escroc

qui visait à s'emparer de votre fortune, après vous avoir séparé de votre famille.

— Et toi, Alfred, toi qui m'es arrivé d'une façon si extraordinaire, toi qui as vaincu Karl et qui l'as couvert de confusion, n'exerces-tu aucun pouvoir sur les Esprits ? »

Alfred ne se pressa pas de répondre; il croyait son oncle revenu des folies du spiritisme, et voilà que le nabab semblait retomber dans sa fatale erreur.

— Pourquoi cette question ? demanda-t-il.

— Parce que, répliqua John en donnant de nouveau libre cours à ses larmes, si cela n'était pas, je regretterais de ne plus être trompé.... Oublies-tu, Alfred, que cette Suzanne, qui m'a été ravie d'une façon si cruelle, était mon orgueil, ma joie, mon existence entière, qu'aujourd'hui encore elle occupe nuit et jour ma pensée, que la douleur me tuerait si je n'avais l'espoir de me rapprocher d'elle, ne fût-ce qu'un instant? Ainsi s'explique pourquoi je croyais si facilement aux promesses, aux fourberies de ce faux médium. Il me parlait sans cesse de ma Suzanne adorée; il évoquait sa radieuse image, il obtenait qu'elle m'écrivît, il me mettait en communication avec elle....

— Et il vous poussait à renier sa fille qu'elle

aimait tant! interrompit Alfred avec chaleur.
Ah! mon oncle, comment avez-vous pu penser
que Suzanne, si bonne et si loyale, aurait été
capable.... Tenez, poursuivit-il en souriant, j'ai
plus de pouvoir que ce misérable Karl ; je vous
montrerai Suzanne jeune, fraîche, belle et ai-
mante comme autrefois !

— Que dis-tu ? s'écria John, dont l'œil brilla ;
tu accomplirais ce prodige, la matérialisation de
Suzanne? Je verrais ma bien-aimée avec ses
yeux bleus, sa bouche souriante, ses blonds cheveux....

— Vous la verrez.

— Où? quand?.... Pourquoi pas ici, à l'instant même? »

Le nabab s'était levé avec animation ; mais ses
jambes se dérobaient sous lui. Alfred lui prit le
bras.

« Pas maintenant, mon oncle, dit-il d'un ton
affectueux; vous avez aujourd'hui éprouvé trop
d'émotions pour qu'on puisse sans danger vous
exposer à des émotions nouvelles.... Allons! consentez à rentrer dans votre chambre.... Samuel
et moi, nous allons vous y conduire.... Vous
vous reposerez, vous vous calmerez.... Vous en
avez tant besoin ! »

Il l'entraînait vers la porte, tandis que le

jeune garçon soutenait, de l'autre côté, la main du nabab posée sur son épaule.

« Tu veux me tromper, Alfred, disait John incapable de résister ; tu veux éluder ta promesse…. Quand verrai-je Suzanne ?

— Eh bien, mon oncle, ce soir…. dans quelques heures…. quand vous aurez repris un peu de force et que vous serez en état de supporter des agitations inévitables. Jusque-là, ne songez à rien, ne vous souvenez de rien, ne parlez pas, ne bougez pas, je vous en supplie…

— Ainsi, c'est entendu…. ce soir…. Tu as dit ce soir ! »

On était arrivé dans la chambre que John occupait, et son neveu l'obligea de se coucher tout habillé sur un lit de repos. Le pauvre nabab obéissait comme un enfant ; il n'avait plus l'énergie de vouloir ou de ne pas vouloir. A peine fut-il sur le canapé que ses yeux se fermèrent, il tomba dans un état d'accablement qui tenait de l'évanouissement et du sommeil.

On le laissa seul, et Alfred, après avoir recommandé à un domestique de rester dans l'antichambre pour veiller sur lui, après avoir annoncé qu'il reviendrait bientôt, se dirigea avec Samuel vers l'auberge du Cygne.

Chemin faisant, il disait à l'enfant, qui gazouil-
lait avec timidité comme un jeune oiseau :

« Cher petit, ta mère et ta tante vont être
bien heureuses du miracle qui vient de s'opérer
en ta faveur.... Mais il est un autre miracle plus
difficile encore.... Prions Dieu de l'accomplir ! »

CHAPITRE XI

La dernière apparition.

Alfred Hartley revint au château deux heures plus tard, comme il l'avait annoncé, et se hâta de se rendre à la chambre de son oncle. Le nabab, après avoir cédé pendant un temps assez long à un sommeil d'épuisement, s'était réveillé plus dispos et faisait un lunch léger avec des biscuits et du vin d'Espagne. A la vue d'Alfred, il se leva précipitamment :

« Ah ! te voilà ! dit-il ; où étais-tu donc ? Je

ne veux plus que tu me quittes... Ah çà! ajouta-
t-il aussitôt, es-tu prêt à remplir ta promesse?

— Un moment de grâce, mon oncle, répondit
Alfred; vous êtes encore bien pâle!

— Et toi, tu as pris un engagement que tu ne
peux tenir, répliqua John avec impatience; ah!
pourquoi m'as-tu trompé?

— Je ne vous ai pas trompé; seulement je
crains...

— En ce cas, partons... A moins que tu ne
veuilles faire l'évocation ici même.

— Non, non, pas ici, mon oncle... Allons!
puisque vous vous croyez assez fort pour tenter
l'épreuve, descendons dans le parc.

— Dans le parc?

— Oui, c'est là que vous verrez... Suzanne. »

John fut prêt en un instant; puis l'oncle et
le neveu se prirent par le bras et, sortant du
château, s'engagèrent sous les longues allées de
chênes et de sycomores qui s'étendaient à l'entour.

Le soleil se couchait en ce moment parmi des
nuages de pourpre et d'or. Le ciel était resplendissant et, pendant que la cime des grands
arbres baignait encore dans la lumière, l'ombre
commençait à s'étendre sous l'épaisse voûte de
feuillage. Un calme profond régnait au loin, et,

sauf quelques oiseaux qui, cachés au milieu de
la verdure, chantaient à leur manière l'hymne
du soir, aucun bruit ne s'élevait dans la campagne.

L'oncle et le neveu marchaient côte à côte,
sans rien dire. Tous les deux étaient pensifs ;
John semblait s'abandonner à quelque rêve
agréable, tandis qu'Alfred ne pouvait cacher une
anxiété croissante. Comme on se dirigeait vers
une jolie pièce d'eau, située à l'extrémité du parc
et qui était formée par une source jaillissant
d'une grotte en rocailles, le nabab dit à son
compagnon :

« Il est donc vrai, Alfred, que ce parc, comme
le château, est fréquenté par les Esprits?... C'est
tout près d'ici, que, hier au soir, l'Esprit de la
reine Edith, fille de Godwin, nous est apparu
à Karl et à moi... Seulement il était alors tout à
fait nuit.

— Je le crois bien, mon oncle, répondit Alfred
d'un ton moqueur, car, s'il eût fait jour, vous
n'eussiez pas manqué de reconnaître, dans Edith,
fille de Godwin, la somnambule Mme Jellous
qui, au lieu d'aller se promener à la ferme des
Oaks, était rentrée furtivement au château pour
se costumer en reine de l'ancien temps... Ah !
elle a eu bien peur, ainsi que ce coquin de Karl,

quand, au milieu de la mascarade, ils ont
entendu tout à coup le rire « infernal » qui par-
tait du milieu des buissons !

— Comment ! tu sais...

— Parbleu ! comment l'ignorerais-je, puisque
c'était moi qui, caché dans les hautes herbes,
n'ai pu m'empêcher d'éclater de rire en voyant
cette intrigante remplir son rôle.

— Toi ! toi !... Tu étais donc ici hier au soir
déjà, et tu n'es pas arrivé aujourd'hui seulement,
comme je le croyais ? »

Alfred ne répondit pas.

« Ah ! tu ne veux me laisser aucune illusion,
aucune espérance ! reprit John en poussant un
douloureux soupir ; sans que je puisse comprendre comment, tu as veillé invisible sur moi,
tu as pris à tâche de me protéger contre les
autres et contre moi-même... Mais, si les Esprits
n'existent pas, ou du moins s'ils ne peuvent se
manifester aux pauvres mortels, comment tien-
dras-tu ta promesse ?

— Vous allez voir, mon oncle, » dit Alfred.

On était arrivé au bassin, encadré de verdure,
où l'eau, sortie de la grotte, tombait en cascatelles
avec la limpidité du cristal. La grotte elle-même
était profonde, obscure, et des arbustes ver-
doyants en ombrageaient l'entrée. Dans ce lieu

frais et poétique régnait une sorte de recueillement, tandis que les éclatantes nuées formaient
au-dessus une coupole de feu.

Alfred fit asseoir le nabab sur un banc de gazon, non loin de la grotte. Pour lui, il demeurait
debout et muet. Son inquiétude semblait redoubler à mesure qu'approchait le moment décisif.

John s'abandonna d'abord au charme irrésistible de cette solitude, admirant le flot qui, dans
sa chute, reflétait les couleurs de l'arc-en-ciel,
écoutant le murmure plaintif de la cascade; mais
bientôt son idée fixe lui revint.

« Et Suzanne? dit il; où est Suzanne?

— La voici ! » répliqua Alfred en se tournant
vers la grotte et en élevant le bras au-dessus de
sa tête.

Alors apparut, au fond de la grotte, dans l'encadrement de verdure, une forme gracieuse et
légère, qui se dégagea rapidement des ténèbres.
Quand elle fut sur la zone lumineuse, on put
distinguer une femme, ou plutôt une très jeune
fille, vêtue d'une robe blanche. De longs cheveux
blonds flottaient sur ses épaules, et elle n'avait
d'autre coiffure qu'une couronne de bleuets. Ses
yeux étaient bleus comme les fleurs de sa couronne, et un charmant sourire entr'ouvrait ses
lèvres de corail. Cette apparition, dans un lieu

pittoresque et solitaire, sous les rayons du jour
mourant, au milieu d'un silence profond, avait
un caractère presque surnaturel.

John s'était levé avec impétuosité, et penché en
avant, la poitrine haletante, les yeux démesuré-
ment agrandis, il murmurait :

« Oui, oui... c'est bien Suzanne ! »

C'était Suzanne, en effet ; non pas telle qu'elle
se trouvait aux Nilgheries, quand les fanatiques
de l'Inde la livrèrent à la dent venimeuse d'un
cobra, mais telle que John l'avait vue pour la première fois, lorsqu'elle était encore toute jeune
fille. Même doux regard, même chevelure blonde
des filles d'Albion, même tournure svelte et élégante. A mesure que l'apparition approchait, les
traits de ressemblance devenaient plus frappants,
et John éperdu, ravi, s'écria :

« Suzanne ! Suzanne ! »

Alfred, remarquant la vive impression qu'é-
prouvait son oncle, sembla reprendre courage.

« Oui, dit-il à demi-voix, Suzanne à quatorze
ans.... Suzanne dans toute sa candeur, toute sa
grâce enfantine et sa naïve tendresse. »

L'apparition s'approchait lentement, avec une
sorte de timidité. Elle ne cessait de sourire et,
en marchant, elle tenait ses yeux fixés sur le
nabab en extase ; mais, à mesure qu'elle avan-

Oui, oui.... c'est bien Suzanne!

çait, son embarras semblait redoubler. Arrivée
à quelques pas, elle s'arrêta. Elle ne parlait pas ;
mais, quoique le sourire errât toujours sur ses
lèvres, des larmes tremblaient comme des gouttes
de rosée à ses longs cils.

John, de son côté, n'osait ni parler, ni se mouvoir, de peur de faire disparaître le ravissant
fantôme.

« Mon oncle, s'écria Alfred qui avait lui-même
les larmes aux yeux, vous pouvez embrasser cette
Suzanne sans crainte.... Elle ne s'évanouira pas
dans les airs, comme l'autre que Karl produisait
au moyen d'un appareil fantasmagorique....
Voyez, elle vit, elle agit.... elle peut souffrir,
penser et aimer ! »

Au même instant, la jeune fille sortit de son
immobilité et s'élança, les bras ouverts, en s'é-
criant :

« Mon père.... mon bon père ! ne me recon-
nais-tu pas ? »

Et John se sentit enlacé frénétiquement, couvert de baisers.

Il rendit à l'enfant ses caresses avec transport.

« Néridah ! disait-il en pleurant lui-même ; Néridah, ma fille chérie.... l'image vivante de ma
Suzanne ! »

Alfred, qui semblait avoir beaucoup redouté le résultat de cette crise, reprit d'un ton très ému :

« Oui, mon oncle, c'est Néridah.... mais c'est aussi Suzanne ! C'est le même sang, le même visage, la même âme douce et tendre.... Et puisque le ciel vous a ravi l'autre, en attendant que vous la retrouviez dans un monde meilleur, aimez celle qui vous reste.... Elle vous consolera, elle embellira votre existence.... Telle est la « matérialisation de Suzanne » que je vous ai promise ! »

Le père et la fille, à la suite de cette réconciliation touchante, s'assirent sur le banc de gazon. Néridah serrait les deux mains de John contre sa poitrine.

« Oh ! père chéri, disait-elle, promets-moi que tu ne m'abandonneras plus....

— Pardon ! pardon ! ma fille.... Et que ta mère me pardonne !... J'avais perdu la raison, j'étais sous une funeste influence !... Cependant, en dépit de mes actions et de mes paroles, je n'ai jamais cessé de t'aimer. La nuit dernière encore, j'ai été bouleversé par un rêve où je croyais t'entendre et te voir....

— Mon père, répondit Néridah dont la jolie bouche retrouva un sourire, c'était moi en effet...

Et l'affection que vous me témoigniez, après cette longue séparation, me réjouissait le cœur.

— Quoi ! je ne rêvais pas ? C'était toi en chair et en os !... Comment as-tu pu pénétrer ainsi dans ma chambre ?

— Alfred vous expliquera cela, répondit la petite en souriant toujours ; mon père, pour moi comme pour vous, Alfred a été une véritable Providence, et nous lui devons notre bonheur présent. »

John Hartley contemplait Néridah avec un plaisir mêlé de surprise.

« C'est étrange ! disait-il ; comment n'ai-je pas été frappé jusqu'ici par l'étonnante ressemblance de Néridah avec Suzanne ? Il me semble qu'il y a quelque chose de changé en elle ; je ne puis comprendre....

— Cher oncle, répondit Alfred, un changement s'est opéré, en effet, dans la personne de ma cousine ; naguère encore, ses cheveux étaient noirs comme l'aile d'un corbeau....

— Et maintenant ils sont blonds comme les blés mûrs ! s'écria John en caressant de la main la chevelure soyeuse de sa fille : comment s'est opéré ce prodige ? Est-ce que les Esprits....

— Il n'y a pas d'Esprits là dedans, oncle John : les cheveux de Néridah ont tout bonnement re-

couvré leur couleur naturelle. Depuis sa nais-
sance, ses nourrices indiennes, soit pour les pré-
server de je ne sais quelle maladie locale, soit pour
obéir à quelque superstition de leur pays, avaient
teint ses cheveux au moyen d'une drogue fort
connue dans l'Inde. Ce qui les excuse, c'est que
ma tante elle-même avait autorisé l'usage de
cette teinture, et les pauvres femmes, dans leur
naïve ignorance, ne crurent pas devoir y renoncer
après la mort de Suzanne. Fatale circonstance
dont les suites ont été terribles ! A raison de cette
couleur de cheveux, on a répandu les bruits les
plus ridicules, les plus infâmes. Ce misérable
Karl, qui les connaissait, en a profité avec une
habileté infernale pour vous abuser, vous rendre
injuste et cruel.... Dès que j'ai su le fait, j'ai
pris des informations et la vérité s'est aisément
découverte. Désormais, mon oncle, Néridah sera
blonde comme une Anglaise, comme sa mère;
Nana et Tata ont promis en pleurant de renoncer à cette sotte habitude, qui donnait une autre
physionomie à la chère enfant.

— Ah ! j'étais insensé ! dit John avec tristesse;
jamais je ne me pardonnerai mon odieuse conduite envers la fille chérie de Suzanne ! »

Plusieurs personnes étaient arrêtées à quelque
distance, dans l'ombre qui se formait déjà sous

les massifs de vieux arbres. Alfred se tourna
vers elles et fit un signe; aussitôt elles accoururent avec empressement; c'étaient Mme Swift,
Jenny et le petit Samuel.

Tous regardaient John avec une certaine ap-
préhension. Alfred s'en aperçut, et leur dit d'un
ton amical :

« Le rapprochement tant souhaité qui, pour
une part, est votre ouvrage, se trouve enfin accompli. Cette journée qui a rendu la voix à ce
cher enfant, qui a vu la punition d'un grand
criminel, n'est pas moins heureuse pour mon
oncle et pour ma cousine...

— C'est vrai! s'écria le nabab avec chaleur;
mais comment se fait-il, Alfred, que les dames
Swift aient contribué pour une part, comme tu
dis, à notre félicité présente? »

Alfred sourit.

« Mon oncle, reprit-il, pour mener à bien ma
tâche, de nombreux associés m'étaient nécessaires... Pendant qu'à Londres la police travail-
lait en ma faveur, j'avais besoin, ici même,
d'amis intelligents et dévoués, prêts à seconder
mes efforts. Les dames Swift ont été pour moi
ces auxiliaires précieux. Depuis plusieurs jours
déjà, je suis venu, sous un déguisement, ha-
biter leur maison. Elles m'ont tenu au cou-

rant de tout ce qu'il m'importait de savoir à
votre sujet, et Samuel lui-même m'a fourni bien
des indications précieuses... Oui, mon oncle,
c'était une véritable conspiration de parents et
d'amis pour vous arracher aux intrigues des
scélérats. Cependant nous eussions pu trouver
d'extrêmes difficultés à la besogne, si une circonstance favorable, presque miraculeuse, n'é-
tait venue à notre aide.

— Une circonstance... miraculeuse ! répéta
John toujours en éveil quand il s'agissait de
prodiges ; de quoi s'agit-il donc ?

— Ce que vous ignorez, mon oncle, et ce que
votre précipitation à acquérir le château de la
reine Edith ne vous a pas permis d'apprendre,
c'est qu'il se trouve une communication souter-
raine entre ce château et la vieille auberge du
Cygne. Sans doute, dans l'ancien temps, l'existence de ce passage était le secret des seigneurs
châtelains, qui pouvaient ainsi sortir de chez
eux, la nuit comme le jour, sans être vus de
personne. Peut-être a-t-il servi à commettre
de mauvaises actions ou des crimes ; toujours
est-il qu'il était oublié de tout le monde, sauf
des dames Swift, qui occupent l'auberge depuis
plusieurs années.

« Quand je leur ai révélé mes projets, elles

m'ont fait connaître ce souterrain, que je me suis empressé de visiter. Il est encore dans un état parfait de conservation, et j'ai ouvert sans peine les deux ou trois grilles de fer rouillé qui le coupent en différents endroits. J'ai pu ainsi pénétrer, à diverses reprises, dans ces vieux bâtiments.

« Mais ce n'est pas tout. Le passage communique avec des couloirs secrets, qui conduisent à presque toutes les pièces et permettent d'épier ce qui s'y passe. Vous voyez quel avantage j'ai pu tirer de tout cela pour produire les merveilles qui ont confondu Karl et vous ont tant étonné vous-même. Ainsi les dames Swift, avec l'ami Samuel, étaient venues aujourd'hui par ce souterrain, quand s'est produit le vacarme dont les habitants du château ont été si fort alarmés. La bonne Mme Swift renversait les meubles dans une pièce, en poussant de grands cris, tandis que miss Jenny, sur un autre point, frappait avec un gros bâton sur les tables et les armoires. Quant à Samuel, il s'était chargé de jouer du gong et du tamtam, quand j'entrerais dans la maison... »

Pendant ce récit, John paraissait confus et baissait les yeux. De leur côté, les dames n'osaient pas rire et détournaient la tête. Samuel

sauta sur les genoux du nabab, et lui dit de sa
voix encore embarrassée et hésitante :

« Monsieur Hartley.... j'ai agi de cette manière... parce que je vous aimais bien ! »

John embrassa l'enfant, et dit avec vivacité :

« Allons ! il n'y avait que moi de fou dans
tout ceci... Mais pendant ce temps où était, que
faisait Néridah ?

— Néridah, mon oncle, est arrivée seulement
hier au soir, par suite d'un télégramme que
j'avais adressé à mon père. Elle était accompa-
gnée de ses gouvernantes indiennes, qui, vous le
savez, ne la quittent jamais. Je suis allé la
chercher à la gare du chemin de fer et je l'ai conduite à l'auberge du Cygne, où elle a été de la part
des dames Swift, l'objet des soins les plus délicats.
Cependant ce matin, au point du jour, je n'ai pu
résister au désir de tenter une épreuve ; je voulais m'assurer du degré d'affection que vous
conserviez pour votre fille. Je l'ai donc introduite
dans votre chambre, par une porte secrète,
pendant que vous dormiez encore. Vous avez
cru être le jouet d'un rêve, mais c'était bien
Néridah qui vous prodiguait ses caresses inno-
centes, vous adressait ses timides reproches...
J'assistais à cette entrevue, caché derrière une
draperie ; et, craignant que la chère petite ne

finît par se trahir, je me suis empressé de l'entraîner... Mais l'épreuve avait réussi ; j'étais certain que vous aimiez toujours votre fille, et cette certitude me donnait le meilleur espoir pour le succès de mon entreprise. »

John demeura un moment rêveur ; enfin il donna une vigoureuse poignée de main à Alfred, et allait proposer de rentrer au château, quand, en levant les yeux, il aperçut à quelque distance, sous les arbres, deux formes blanches et immobiles.

« Des Esprits ! des Esprits ! » s'écria-t-il en tendant le bras vers ces formes confuses.

Alfred poussa un profond soupir.

« Ah ! mon pauvre oncle, reprit-il, j'aurai encore beaucoup à faire pour vous ramener d'une manière complète au sentiment de la réalité... Ces prétendus Esprits sont les gouvernantes indiennes ; elles ont accompagné les dames Swift, et attendent leur jeune maîtresse pour la ramener à l'auberge du Cygne. »

John, un peu honteux, passa deux ou trois fois la main sur son front, comme pour écarter certaines idées qui troublaient sa cervelle. Enfin il dit d'un ton déterminé :

« Ma fille ne me quittera plus... Elle logera cette nuit au château, et demain nous retourne-

rons tous à la ferme des Oaks, où nous échappe-
rons aux souvenirs lugubres qui pèsent ici...
Alfred, tu enverras, de ma part, une dépêche à
mon frère Henry, pour le prier de venir nous
rejoindre, et j'espère n'avoir pas trop de peine à
obtenir de lui mon pardon... Quant à ces pauvres
femmes, qu'elles approchent ! »

Les Indiennes s'avancèrent, courbées en deux
et en donnant tous les signes de respect usités
en Orient.

« Je suis content, dit le nabab en employant
leur langue natale, de l'affection et du dévouement que vous avez témoignés à ma fille... Vous
resterez auprès d'elle tant qu'il vous plaira... Et
s'il vous convient un jour de retourner dans
votre pays, j'assurerai votre fortune. »

Néridah se jeta à son cou.

« Ah ! que vous êtes bon ! s'écria-t-elle ;
grâce à toi, cousin Alfred, j'ai retrouvé mon
père ! »

CHAPITRE XII

La rechute.

Le soir était venu. John Hartley, retiré dans sa chambre, se reposait des violentes agitations de la journée, et on avait tout lieu d'espérer qu'un sommeil réparateur allait rendre la force à son organisation épuisée, le ressort à son intelligence abattue.

Alfred et Néridah, seuls dans la grande salle du château, qu'éclairait une lampe au globe dépoli, s'entretenaient à demi-voix des évène-

ments arrivés depuis quelques heures. Alfre
redevenait sombre et soucieux ; il n'écoutait
qu'avec distraction sa jeune cousine, pour laquelle il avait néanmoins tant d'estime et d'affection. Parfois il prêtait l'oreille aux bruits qui
s'élevaient dans cette antique et vaste demeure,
ou bien il promenait autour de lui des regards
inquiets, comme s'il eût redouté quelque fait
nouveau, dont peut-être il ne se rendait pas exactement compte encore.

Néridah, toute au bonheur de la réconciliation
récente, ne remarquait pas cette préoccupation
et s'abandonnait naïvement à sa joie.

« Ah ! mon cher Alfred, disait-elle, combien je
vous remercie de votre intervention si habile, si
courageuse et si dévouée ! Sans vous, qu'allait-
il advenir de mon pauvre père, de moi-même?
Vous nous avez rendus l'un à l'autre, et ma
digne mère Suzanne vous bénit sans doute du
haut du ciel ! Grâce à vous, son mari bien-aimé,
sa fille chérie pourront encore espérer de beaux
jours. Mon père, dont la raison a été si longtemps obscurcie par les intrigues et les faux prodiges de ces scélérats, est enfin complètement
désabusé ; il a vu l'abîme où on l'entraînait, où
nous allions tous périr, et il n'éprouve plus
qu'horreur et mépris pour les misérables... »

Alfred secoua tristement la tête.

« Il m'en coûte, cousine Néridah, dit-il en soupirant, de troubler votre confiance ; mais peut-
être mon pauvre oncle n'est-il pas aussi complètement désabusé que vous le supposez... Ce n'est
pas en quelques heures que peut se guérir une
intelligence aussi ébranlée, aussi malade que la
sienne ! L'évidence elle-même est impuissante
contre certaines faiblesses de l'esprit, et, lors
même qu'elle semble avoir produit tout son effet,
on doit craindre des retours subits, inexpli-
cables, de dangereuses rechutes. Tenez, s'il faut
vous dire toute ma pensée, notre malade, à la
suite des faits qui viennent de se précipiter, a été
ahuri, fasciné, entraîné.... Nous avons agi sur
son cœur plutôt que sur sa raison.... Heureux
d'être réuni à sa fille, de pouvoir l'aimer sans
remords et sans crainte, il s'est abandonné à
l'impulsion qu'il recevait. Il déteste ces gens, qui
voulaient creuser entre vous et lui un abîme in-
franchissable ; mais ils ne conservent pas moins
à ses yeux un prestige extraordinaire, je l'ai reconnu à des signes certains. Leur pouvoir est
malfaisant, et pourtant il croit à ce pouvoir, après
en avoir été si longtemps victime....

— Quoi ! cher Alfred, mon père, malgré les
explications si précises et si lumineuses que

vous avez données, pourrait-il persister dans
une semblable croyance? Karl et Mme Jellous
sont de vils imposteurs, il en est bien convaincu
maintenant.

— Je désire me tromper, Néridah, néanmoins
je crains fort que votre père ne considère encore
Karl comme un p ˙ssant médium, qui commande
aux Esprits, et sa complice, Mme Jellous, comme
une somnambule possédant la faculté merveilleuse de lire dans le passé et dans l'avenir. J'ai
déconcerté leurs intrigues et j'ai moi-même fait
usage des découvertes de la science moderne
pour les combattre ; mais je ne connais pas tous
les tours de passe-passe qu'ils ont pu employer
en mon absence, et peut-être éprouverais-je
quelque difficulté à en fournir sur-le-champ une
explication. Soyez sûre que, lorsque mon oncle
John sera capable de réfléchir et de revenir sur
lui-même, ces considérations, qui cadrent si bien
avec les tendances de son esprit vers le merveilleux et le surnaturel, amèneront quelque réac-
tion funeste.

— Que pouvons-nous craindre à cette heure,
Alfred? Ces méchants sont au pouvoir de la justice ; on les a conduits à la ville, où ils resteront
sous bonne garde, en attendant qu'ils soient jugés
et condamnés.

— Néridah, ils ne sont pas partis encore. Ils se trouvent, en ce moment, à l'auberge du Cygne, où l'on exerce sur eux une extrême surveillance.... Et ils partiront seulement par le train de minuit, qui doit les conduire à Londres. Or, tant que je les sais dans le voisinage, je redoute quelque caprice de notre cher et malheureux malade.

— Allons! allons! cousin Alfred, malgré votre raison supérieure, vous vous effrayez de chimères.... Mon père est bien tranquille dans sa chambre, où il se remet de ses cruelles émotions. Demain matin, quand il s'éveillera, il ne ressentira plus que du mépris et de la colère contre ceux qui l'ont torturé d'une manière impitoyable... »

Comme miss Hartley achevait ces paroles, la porte s'ouvrit brusquement et John, en robe de chambre, les cheveux en désordre, l'œil rouge et hagard, se précipita dans la salle.

« Ma fille.... ma Néridah! s'écria-t-il avec égarement; ah! *ils* ne me l'ont pas enlevée de nouveau.... Ce n'était qu'un rêve.... Néridah! mon enfant... l'enfant de mon adorée Suzanne! »

Et il serra sa fille convulsivement contre sa poitrine, pleurant et riant à la fois.

Alfred se tourna vers sa cousine, d'un air triste

et qui semblait dire : « Vous voyez que mes
craintes se réalisent ! »

Toutefois il essaya de prendre un ton jo-
vial.

« Eh bien! oncle John, s'écria-t-il, que vous
arrive-t-il encore?... Il ne s'agit pas, je le suppose,
de quelque nouveau tour d'escamotage ; les escamoteurs ont autre chose à penser pour le quart
d'heure ! »

Le nabab laissa voir de la confusion, qui ne
tarda pas à se changer en une terreur véritable.

« Ne parle pas ainsi, Alfred, répliqua-t-il;
qui sait s'*ils* n'ont pas des moyens de voir et
d'entendre ce que nous disons et ce que nous
faisons ?

— Ainsi, mon oncle, reprit Alfred avec une
sorte de découragement, nous en sommes toujours
là ! Je croyais vous avoir prouvé, de la manière
la plus claire et la plus précise, que Karl et sa
complice, outre les autres crimes qu'ils ont pu
commettre antérieurement, n'étaient que des jongleurs et des escrocs.... Voyons! que s'est-il
passé pour bouleverser de nouveau votre cervelle?

— Rien, mon garçon, répliqua John avec un
redoublement d'embarras; seulement, tout à

John se précipita dans la salle.

l'heure, pendant que je reposais dans ma chambre, j'ai vu en songe le maître.... c'est-à-dire Karl, et Mme Jellous, qui venaient, avec une bande d'Esprits malfaisants, arracher de mes bras ma chère Néridah.... Je me suis éveillé en sursaut; et, prenant le rêve pour la réalité, j'ai éprouvé une mortelle inquiétude. J'avais tort, puisque voici Néridah... dont là ressemblance avec sa mère devient chaque jour plus frappante... Ah ! je ne veux plus me séparer d'elle désormais ! »

Tout en parlant, il dévorait sa fille de baisers.

« Et moi, cher père, répliqua Néridah en riant, je ne me laisserai pas emporter loin de vous, soit par des êtres humains, soit par des Esprits.... Je me défendrais, je vous l'assure, je vous défendrais vous-même ! »

Et elle rendait au nabab ses caresses.

« Chut ! chut ! mon enfant, reprit John; pas de bravades, je t'en prie.... Cet homme et cette femme pourraient en avoir connaissance, et ils seraient capables, pour se venger....

— Ah ! mon oncle, s'écria Alfred, êtes-vous encore persuadé qu'ils en ont le pouvoir?... Mais, si l'un et l'autre avaient une puissance surnaturelle, le premier usage qu'ils en devraient faire

ne serait-il pas de se débarrasser des policemen,
d'échapper à la prison, de se soustraire au sup-
plice qu'ils ont mérité?

— Alfred, dit le nabab avec agitation, je te
remercie des services que tu m'as rendus....
Tu ne saurais pourtant toi-même nier le pouvoir qui s'est manifesté par tant de marques
éclatantes. A la vérité, Karl n'a pas réussi
dans ce qu'il appelait « la matérialisation » de
Suzanne. Grâce à ton savoir, à ton habileté, à
diverses circonstances favorables, tu l'as convaincu d'imposture aujourd'hui; mais, antérieurement, il avait accompli une foule de prodiges
dont il te serait impossible de donner aucune
explication.... Ainsi, n'est-ce pas une chose merveilleuse que Karl et Mme Jellous m'aient fait
retrouver la montre perdue?... Plus tard, dans
mon hôtel à Londres, le médium ne m'a-t-il pas
fait toucher la main glacée de Suzanne défunte,
tandis que lui, assis devant moi, avait ses deux
mains posées sur la table? Ne m'a-t-il pas présenté des lettres de l'écriture de Suzanne? ne
m'a-t-il pas fait apparaître, pendant que nous
voyagions en chemin de fer, l'image radieuse de
ma femme, telle qu'elle était aux Nilgheries peu
de temps avant sa fin tragique? En dépit de toute
ta science, Alfred, en dépit de ton affection pour

Néridah et pour moi, tu n'as pas démontré comment ces évènements étranges avaient pu s'opérer, et puisque tu ne peux le démontrer encore, tu ne dois pas être surpris que je croie à une influence surnaturelle. »

Alfred se leva impétueusement.

« Mon oncle, s'écria-t-il, votre aveuglement me désole.... Si Mme Jellous vous a indiqué où se trouvait votre montre, c'est que cette montre avait sans doute été dérobée par Karl, son complice.... On a pu imiter l'écriture de Suzanne, et la chimie a des procédés nombreux pour faire reparaître sur le papier une écriture invisible.... Mais, je l'avoue, je ne connais pas bien toutes les circonstances dont l'action a été si pernicieuse sur vous, et je ne chercherai pas à expliquer sans examen plusieurs d'entre elles. Seulement, comme dans beaucoup de cas le prétendu médium et la soi-disant somnambule ont été pris en flagrant délit d'imposture et de mensonge, il faut en conclure que dans tous ils ont mis la même mauvaise foi, la même subtilité.

— Ah ! reprit John d'un ton triomphant, tu conviens donc que bien des choses, en tout ceci, passent ta compréhension comme la mienne ? »

Alfred se promenait d'un air désespéré dans la

salle, en se frappant le front. Il semblait chercher un moyen de combattre cette obstination maladive de son oncle. Tout à coup il s'arrêta.

« Eh bien! oncle John, demanda-t-il, si j'obtenais de Karl et de son associée qu'ils vous fissent eux-mêmes l'aveu de leurs supercheries, ne consentiriez-vous pas enfin à reconnaître votre erreur?

— J'avoue que si « le maître » ou Mme Jellous affirmait nettement, en ma présence.... Mais tu n'obtiendras pas cela d'eux.... Aussi bien, ils sont loin sans doute, et peut-être n'aurons-nous pas l'occasion de les revoir de sitôt.

— Grâce à Dieu, ils sont encore à l'auberge du Cygne, et j'espère.... Mon oncle, attendez ici avec Néridah, et tenez-vous prêts tous les deux à me rejoindre chez les dames Swift au premier appel. Je vais amener avec moi le domestique Davy, à qui j'ai certains éclaircissements à demander, et je vous enverrai chercher par lui, s'il y a lieu.... Vous, chère Néridah, ajouta-t-il en baissant la voix, restez auprès de votre père.... Consolez-le, encouragez-le, soutenez-le.... Je vais jouer notre dernière partie, et puissions-nous la gagner!.... A bientôt. »

Et, tandis que Néridah s'asseyait auprès du nabab, dont elle prenait les mains et à qui elle adressait d'affectueuses paroles, Alfred sortit précipitamment pour se rendre avec Davy à l'auberge du Cygne.

CHAPITRE XIII

Les prisonniers.

La nuit était sombre, mais l'auberge, comme
nous savons, ne se trouvait guère qu'à une cen-
taine de pas du château de la reine Edith et le
trajet devait être l'œuvre de quelques minutes.
Tout en marchant, Alfred disait à Davy, qui avait
une attitude timide et embarrassée :

« Vous êtes très coupable, Davy; vous avez
servi les mauvais desseins des plus mortels en-
nemis de vos maîtres, et vous pouvez apprécier, à

cette heure, les résultats funestes de votre tra-
hison !

— Monsieur Alfred, répondit Davy humblement, je regrette bien ma sottise.... Ces histoires
spirites m'avaient troublé la raison, et M. Karl est
si rusé, il sait si bien endoctriner son monde....
Je ne songeais pas que je pouvais nuire à M. Hartley et à miss Néridah.

— Vous avez agi sans discernement, je le sais,
et vous n'aviez aucune intention coupable....
Mais, pour réparer votre faute, il importe que
vous fassiez, devant mon oncle ou devant toute
autre personne, l'aveu complet de ce qui s'est
passé entre vous et ce charlatan de Karl.... Pro-
mettez-vous de le faire?

— Pensez donc, monsieur Alfred.... Quand
votre oncle apprendra que je me suis laissé
enjôler par cet imposteur, il me chassera de sa
maison....

— Ne craignez rien de pareil ; j'arrangerai
tout.... Mais pas de subterfuges! Si vos aveux ne
sont pas sincères et complets, ce sera moi qui
provoquerai contre vous des mesures de ri-
gueur. »

Davy s'engagea à répondre ponctuellement sur
les faits auxquels il avait pris part, et on arriva
à l'auberge.

Dans la vaste pièce du rez-de-chaussée, servant à la fois de cuisine, de parloir et de salle à manger, se trouvait une nombreuse compagnie. Plusieurs lampes de cuivre, disposées çà et là, y répandaient une vive lumière. Dans un coin, les dames Swift, assises à une table avec le petit Samuel, prenaient leur repas. Les deux sœurs paraissaient toutes joyeuses et répétaient avec ravissement les mots que le jeune garçon ne faisait guère que balbutier, en attendant que son organe, encore embarrassé, eût acquis de l'aisance et de la souplesse. L'officier du shérif, assis seul à l'écart, devant un pot d'ale, lisait un journal, tandis que quatre policemen, attablés dans un coin, fumaient leurs pipes en buvant du grog. Deux policemen manquaient; ils étaient, en ce moment, de garde auprès des prisonniers, enfermés séparément à l'étage supérieur. La servante et le valet d'écurie s'agitaient au milieu de tout ce monde, non sans prêter distraitement l'oreille à ce qui se disait du côté des maîtresses.

A la vue d'Alfred, les deux sœurs accoururent au-devant de lui, ainsi que Samuel, qui lui adressa un « *good night* » assez bien articulé, en lui serrant la main.

« Bon Dieu ! monsieur Alfred, dit mistress Swift avec un accent d'inquiétude, nous ne nous attendions guère à vous voir ici ce soir.... Est-ce que tout ne va pas bien chez M. John Hartley ?

— Si, si, madame, répondit Alfred distraitement ; mais vous savez qu'avec un homme du caractère de mon excellent oncle, il faut toujours être en alerte, et peut-être aurai-je de nouveau besoin de votre obligeant concours....

— Il vous est acquis, monsieur ; nous sommes trop récompensées de celui que nous vous avons donné déjà pour ne pas vous le donner encore.... Voyez, poursuivit-elle en désignant son fils qui lui souriait, il est bien vrai que Samuel parle à présent.... et cette satisfaction efface toutes nos peines !

— Oui, oui, il parle ! dit sa sœur en levant les yeux au ciel.

— Ce bonheur vous était bien dû, mes dignes dames, reprit Alfred ; et quand le père de ce pauvre enfant aura été vengé du misérable qui a causé sa mort.... Mais votre vengeance est sûre à cette heure !

— Que le sort s'accomplisse ! dit mistress Swift ; néanmoins, vous l'avouerai-je, ni ma sœur ni moi nous ne songeons plus à la vengeance.... Si coupable que soit ce Fehrenbach, nous n'avons plus le courage de poursuivre son châtiment, maintenant que notre cher Samuel est rentré si heureusement dans la condition commune.

— Ce sont-là, chère madame, les sentiments d'une bonne chrétienne.... Toutefois vous ne refuserez pas, je pense, de m'aider à réparer le mal causé par ce scélérat, et j'ai encore compté sur vous, sur votre sœur, sur cet intelligent enfant, pour m'aider à porter une conviction complète dans l'esprit de mon malheureux oncle....

— Vous avez eu raison, monsieur Alfred, et lorsque nous saurons....

— Vous le saurez tout à l'heure. »

Alfred s'approcha du lieutenant du shérif, qui s'était levé avec empressement, et il lui demanda s'il ne pouvait voir les prisonniers.

« Rien de plus facile, monsieur ; seulement, si vous comptez les faire parler, je crois que vous n'y réussirez pas. Ils sont en haut, dans des chambres séparées. L'homme est tellement furieux que, malgré ses menottes, il faut deux de mes gens pour le surveiller. Il a, par moments, de véritables accès de frénésie, et, si on l'abandonnait à lui-même, il serait capable.... Quant à la femme, elle occupe la pièce voisine et on n'a pas jugé à propos de la garder à vue ; mais elle est tombée dans un état de prostration, d'accablement qui ressemble à de l'idiotisme.

— N'importe, monsieur; je désire les voir l'un et l'autre sur-le-champ.

— Soit; je vais vous accompagner. »

L'officier du shérif dit quelques mots à un des policemen, qui alluma un flambeau et se mit en devoir de les conduire à l'étage supérieur. D'autres personnes voulurent les suivre, mais Alfred, ayant fait signe que leur présence n'était pas nécessaire pour le moment, monta l'escalier avec l'officier et le policeman.

Karl avait pour prison la grande chambre où le nabab avait passé la nuit peu de temps auparavant. Il était assis sur une chaise, et quoique ses mains fussent prises dans des menottes, quoiqu'une corde lâche dût rendre difficile une tentative de fuite précipitée, les deux hommes chargés de veiller sur lui semblaient être continuellement en éveil. Ses vêtements déchirés, des meubles brisés ou renversés autour de lui, témoignaient de quelque lutte récente. Les fenêtres étaient soigneusement closes, et le lieutenant du shérif avait eu besoin de se faire reconnaître pour être admis dans la chambre avec ceux qui l'accompagnaient.

Quand on entra, Karl, épuisé par son dernier accès de fureur, demeurait sombre, la tête penchée sur la poitrine. Il se redressa lentement et,

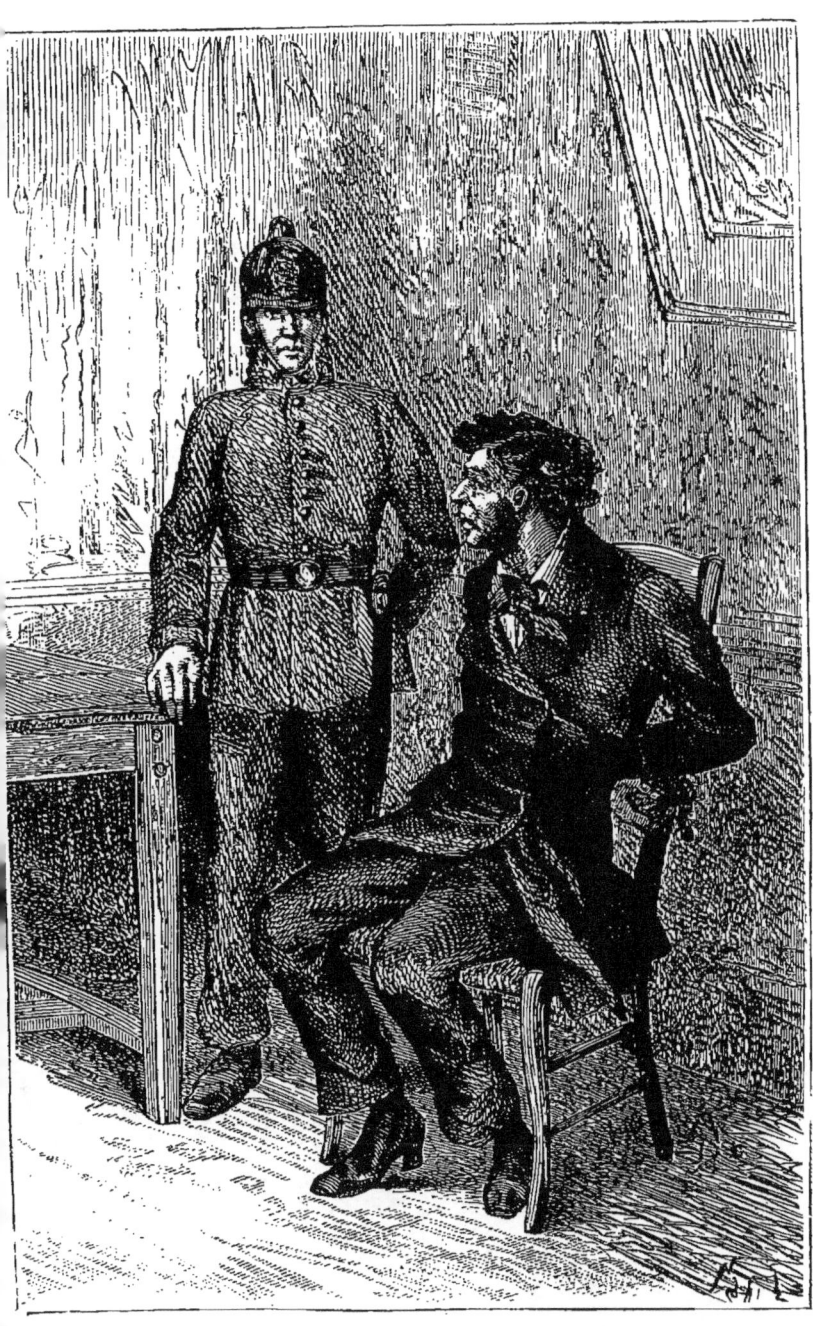

Il était assis sur une chaise.

en reconnaissant Alfred, ses yeux étincelèrent ; cependant il ne dit rien et feignit de rester impassible.

L'officier, après avoir échangé quelques mots tout bas avec les gardiens, s'approcha du prisonnier.

« Monsieur Fehrenbach, lui dit-il, vous devez être convaincu maintenant que vos velléités de résistance ne vous servent à rien. Voici un honorable gentleman, M. Alfred Hartley, qui aurait certaines questions à vous poser, et si vous consentiez à lui répondre avec sincérité, on pourrait peut-être adoucir.... »

Karl fit un bond qui sembla devoir briser tous ses liens.

« Que ce gentleman ne me touche pas, ne me parle pas ! s'écria-t-il avec violence ; c'est lui qui m'a perdu.... Au moment où j'allais recueillir le prix de tant d'efforts, de fatigues et de dangers, il a renversé tous mes brillants projets, il m'a précipité dans l'abîme où je suis.... Je le hais.... qu'il parte !... Si l'on veut que je demeure calme, qu'on me délivre bien vite de son odieuse présence ! »

Malgré cette explosion de haine, Alfred dit avec douceur :

« Ne vous en prenez qu'à vous, Karl, de ce qui

est arrivé.... Vous deviez bien vous attendre que, d'un moment à l'autre, Dieu et la justice humaine vous demanderaient compte de vos crimes. Cependant, réfléchissez à la proposition que vient de vous adresser M. le lieutenant du shérif; il est très vrai que si vous fournissiez devant moi.... et devant d'autres personnes.... des éclaircissements véridiques sur les manœuvres dont vous avez fait usage....

— Ah! dit Karl avec son ricanement amer d'autrefois, vous commencez à vous apercevoir, monsieur le savant, que votre physique, votre chimie et toutes vos découvertes modernes ne sauraient expliquer certains prodiges spirites? Le nabab, qu'en votre qualité de neveu vous désirez sans doute exploiter seul, devient récalcitrant, et, quoique vous lui ayez montré quelques tours d'escamotage sans importance, il persiste à reconnaître un pouvoir dont il a vu les merveilleux effets.... Eh bien! dût-il en mourir, ou en rester idiot, ne comptez pas sur moi pour le désabuser.... Je me vengerai ainsi de vous, de lui, de tous ceux qui se sont mis à la traverse de mes desseins!

— Encore une fois, Fehrenbach, si vous désirez obtenir quelque indulgence de vos juges....

— Mes juges!... Je les brave ainsi que vous;

je trouverai bien moyen... Allons! partez...
laissez-moi en paix... Votre vue me fait bouillir
le sang.

— Karl, ne vous reste-t-il donc aucun bon sentiment dans le cœur? Pourquoi n'essayeriez-vous
pas de réparer....

— Partez, vous dis-je! interrompit Karl en fureur; mille millions de diables! allez-vous me
laisser en repos? »

Et il voulut s'élancer sur Alfred, en grinçant des
dents. Si les gardiens ne se fussent empressés de
le contenir, peut-être, malgré ses menottes et ses
liens, eût-il réussi à lui porter quelque coup
dangereux.

Pendant que le forcené luttait contre les policemen, l'officier du shérif dit à Alfred :

« Vous le voyez, monsieur, il n'y a rien à attendre de lui... c'est une véritable bête féroce...
Peut-être serez-vous plus heureux avec l'autre...
la femme... Venez; votre présence exaspère ce
coquin, sans profit pour personne. »

Il recommanda à ses gens de redoubler de vi-
gilance et entraîna Alfred. Quelques instants encore on entendit le bruit de la lutte, Karl poussait de véritables hurlements. Toutefois il ne
tarda pas à s'apaiser et tout redevint silencieux.

Alors Alfred et le lieutenant du shérif pénétrèrent dans la seconde chambre où se trouvait Mme Jellous.

La somnambule était seule, nous le savons, car on n'avait pas jugé nécessaire de prendre avec elle les mêmes précautions qu'avec son indomptable associé. Pâle, les yeux humides, les cheveux en désordre, elle était assise devant un guéridon sur lequel on avait disposé un léger repas ; mais, à la lueur de l'unique bougie qui éclairait la pièce, on voyait intacts les mets placés devant elle. Le fracas qui se produisait dans la chambre voisine, l'avait inquiétée ; et, quand les visiteurs parurent, elle se leva toute tremblante, comme si elle craignait qu'on ne se portât sur elle à quelque violence.

Alfred, sentant la nécessité de ménager cette femme, s'empressa de la rassurer.

« Calmez-vous, madame Jellous, dit-il, et reprenez votre place. Nous n'avons aucune mauvaise intention contre vous, bien au contraire. Si vous vous montrez aussi repentante, aussi docile que le commande votre situation, peut-être cette affaire n'aura-t-elle pas pour vous de suites aussi fâcheuses que vous paraissez le redouter en ce moment ! »

La somnambule releva la tête ; une expression d'espoir se montra sur son visage livide.

« Que dites-vous, monsieur Hartley ? balbutia-
t-elle. Oh ! vous êtes trop généreux pour tendre
un piège à une malheureuse créature, brisée de
fatigue et de douleur !

— Monsieur Hartley, en effet, dit l'officier de
police avec une certaine sévérité, est incapable
de tendre un piège à personne.... Mais sachez,
madame, qu'en ce moment votre sort dépend absolument de lui.... Vous n'avez pris aucune part,
on en a la certitude, au crime épouvantable pour
lequel Fehrenbach va être livré à la justice étrangère ; vous vous trouvez simplement sous le coup
d'une accusation d'escroquerie, soutenue par la
famille Hartley, dont M. Alfred est le représentant. Le sollicitor de la Trésorerie n'a point à
s'inquiéter de votre affaire. Si votre adversaire
veut vous rendre la liberté, je n'aurai pas
le droit de vous retenir. Il me restera cependant à prendre des mesures pour m'assurer que
vous paraîtrez comme témoin dans l'action qui
sera dirigée contre le prétendu Karl, avant qu'on
ne le livre aux tribunaux de son pays.... Pensez
à tout cela, madame, et consentez à répondre aux
questions de ce gentleman. N'oubliez pas que, si
vous ne parvenez à le fléchir, dans deux heures
nous allons prendre le train pour vous conduire,
avec votre complice, à Bowstreet, devant le ma-

gistrat de Londres qui procèdera à l'enquête. »

Mme Jellous leva sur Alfred un regard ardent.

« Est-il possible ? s'écria-t-elle ; quoi ? monsieur, vous auriez le pouvoir et la volonté....

— Le lieutenant du shérif a dit vrai, madame, répondit Alfred ; ce n'est en aucune façon la reine qui vous a privé de votre liberté ; c'est à ma requête et sous ma responsabilité que vous avez été arrêtée. Si vous me donnez la preuve que vous avez horreur des manœuvres employées par Fehrenbach pour amener mon malheureux oncle à un état voisin de la folie....

— Cette horreur, je l'éprouve de toute mon âme ! s'écria Mme Jellous avec une vivacité qui paraissait sincère ; je connaissais seulement celui que vous appelez Fehrenbach comme un homme habile, instruit, d'une haute intelligence ; mais je ne le supposais pas capable d'un crime aussi noir que celui de la destruction du *Kirbeck*. J'ai été fascinée, subjuguée par l'espèce de séduction qu'il exerce, et je subissais son empire, sans pouvoir m'y soustraire.... Peut-être n'ai-je pas, ajouta-t-elle en baissant les yeux, montré toujours assez de scrupules à servir ses projets ; mais, à présent que je les vois dans toute leur infamie, ils m'inspirent autant d'aversion que d'effroi. »

Il y avait sans doute beaucoup à redire sur ce

revirement subit dans les idées de la somnambule; néanmoins Alfred ne jugea pas à propos
de rechercher trop exactement les causes de ce
repentir.

« Fort bien, madame, reprit-il froidement;
mais cette horreur que vous professez doit se
manifester par des actes. Je n'ai nullement
l'intention de poursuivre Fehrenbach, et d'appeler l'attention du public sur des faits de
nature à donner une triste idée du bon sens d'un
oncle que je révère. Je ne demande pas mieux
que d'envoyer le scélérat qui l'a trompé.... *se
faire pendre ailleurs*, car il est entre des mains
qui ne le laisseraient point échapper.... Mais il
faut que vous répariez autant qu'il est en vous le
mal que vous avez commis. Pour le faire, vous
n'avez qu'un moyen : pouvez-vous expliquer sans
détour, sans réticence, sans aucun faux-fuyant, les
tours extraordinaires, les faux prodiges, au moyen
desquels mon oncle a été si indignement abusé?

— Je le peux, répliqua Mme Jellous avec une
sorte d'orgueil.

— Quoi! tous? même la découverte de la montre
perdue, même les billets de l'écriture de Suzanne,
même l'histoire de cette main glacée qui a touché la main de mon oncle, et aussi l'apparition
de Suzanne dans les wagons du chemin de fer?

— Oui, monsieur; Karl avait confiance en moi et je n'ignore aucun de ses tours merveilleux... quoique plusieurs aient été opérés en mon absence et que je n'y aie pris aucune part, se hâta-t-elle d'ajouter, afin de diminuer autant que possible sa part de responsabilité.

— En ce cas, madame Jellous, dit Alfred d'un ton ferme et décidé, consentez à raconter d'une manière nette et précise tout ce qui s'est passé, devant mon oncle et ma cousine, devant l'officier du shérif, devant toutes les personnes que je vais appeler dans cette chambre. Fournissez-nous des renseignements précis, et, je vous en donne ma parole, vous serez libre d'aller où bon vous semblera. »

Un sentiment de joie brilla de nouveau sur le visage de Mme Jellous ; mais aussitôt il sembla qu'une réflexion vînt arrêter son transport.

« Monsieur Hartley, balbutia-t-elle, vous oubliez que l'intervention des Esprits ...

— Les Esprits ! répliqua Alfred avec sévérité, oseriez-vous soutenir que vous croyez aux Esprits... du moins à ceux que les spirites disent évoquer?... Regardez-moi, madame Jellous ; regardez-moi bien en face... et affirmez encore que vous croyez aux Esprits ! »

La somnambule détourna la tête, sans répondre.

« Monsieur Hartley, reprit-elle enfin en baissant la voix, s'il faut l'avouer, ce... Karl, tel que je le connais à présent, m'inspire une profonde terreur. Il peut s'échapper, être acquitté, inventer quelque machination nouvelle : en apprenant que j'ai trahi ses secrets, il saurait bien me retrouver et se venger d'une manière impitoyable !

— S'échapper ! s'écria l'officier de police ; ah ! je l'en défie bien, par exemple !... Il m'est recommandé d'une manière spéciale, à cause de son adresse et de sa subtilité... Mais nous avons des cordes, des poucettes et des menottes, dont tous les prestidigitateurs du monde ne sauraient se débarrasser.

—Et quant à être acquitté, dit Alfred à son tour, je vous assure que Fehrenbach ne le sera pas. J'ai recueilli contre lui tant de preuves, des preuves si claires, si décisives, que sa condamnation est absolument certaine.

— C'est vrai, reprit Mme Jellous en gémissant ; mais les Esprits ont des partisans nombreux, puissants, qui ne me pardonneront jamais d'avoir dévoilé le secret de leurs manœuvres. Oui, Karl sera condamné, mais tous les spirites d'Angleterre s'acharneront après moi. Furieux de ma franchise, ils me persécuteront, et la liberté que vous m'offrez sera moins sûre pour moi que la

prison de laquelle on promet de m'affranchir.
Tenez je vous parle en toute franchise, monsieur Alfred : en gardant le secret et en protes-
tant de mon innocence, j'aurai l'avantage de
passer pour martyre. Il y a tant de gens dont
la seule industrie est d'invoquer ce titre! Voyez,
ajouta-t-elle en s'exaltant, le fameux Tichborne
dont certains enthousiastes veulent faire un
membre du Parlement d'Angleterre... Voyez les
Fenians, qui ont assassiné, brûlé, pillé...

— Madame Jellous, dit Alfred qui l'avait
écoutée patiemment, j'ignore s'il y a quelque
chose de fondé dans ce que vous venez d'al-
léguer, et je ne veux rien ajouter qui puisse
vous faire croire que j'achète votre révélation, quoiqu'une pareille tentative soit auto-
risée par la loi britannique.... Mais sachez-le,
si je vous demande de tout nous dire, c'est
afin de bien convaincre mon pauvre oncle que
tout est faux dans ces prétendus miracles. En
parlant, vous aurez la satisfaction de réparer
le mal que vous avez fait. Votre conscience vous
donnera une première récompense. Je ne peux
ni ne veux vous en dire davantage ; seulement
soyez persuadée que je ne vous laisserai point
exposée à des persécutions ayant pour cause la
franchise de vos révélations.

— Ah! monsieur, dit Mme Jellous en se jetant aux pieds de son interlocuteur, votre sagesse, votre générosité me font voir toute l'horreur de ma conduite, me montrent combien mes scrupules étaient coupables.... Oui, je dois une réparation à ce pauvre M. John que j'ai si indignement trompé... Comptez sur mon entier concours ! »

Alfred la releva avec bonté.

« S'il en est ainsi, s'écria-t-il, nous ne perdrons pas un instant.... Je vais faire prévenir mon oncle, ma cousine, toutes les personnes qui pourront confirmer ou contrôler vos aveux... Vous, madame Jellous, recueillez-vous, rassemblez vos souvenirs... Tout à l'heure nous allons juger de votre sincérité. »

Et il sortit précipitamment, pour envoyer Davy chercher John Hartley et Néridah au château de la reine Edith.

CHAPITRE XIV

Les aveux.

Une demi-heure plus tard, presque tous les
personnages importants de cette histoire, sauf
Karl, qu'on entendait parfois s'agiter dans la pièce
voisine, se trouvaient réunis dans la chambre
où l'on gardait Mme Jellous. John Hartley et Néridah s'étaient rendus en tout hâte à l'invitation
d'Alfred, ainsi que le docteur Henry, qui avait
été prévenu la veille par un télégramme, et qui
venait d'arriver au château. Il y avait là aussi

le lieutenant du shérif, Davy, les dames Swift et même le petit Samuel, qui avait dit à Alfred, dans son langage encore imparfait :

« Ami, j'ai vu... je sais... je parlerai. »

On apporta des sièges pour les assistants, qui, tout en causant entre eux, s'assirent en cercle autour de Mme Jellous. Elle se montrait fort troublée par la solennité de ces préparatifs, car la spirite repentie comprenait que les réticences et les mensonges ne lui serviraient guère devant tant de témoins de ses actes coupables.

John s'était assis entre son frère et Néridah. Il paraissait un peu confus ; toutefois, malgré l'influence qu'exerçaient sur lui les lumières supérieures du docteur Henry et d'Alfred, malgré le babil affectueux et gai de sa fille, ses traits fatigués conservaient une expression d'incrédulité, presque de défi, et sa contenance semblait dire : « Nous allons bien voir ! »

Quand tout le monde eût pris place, Alfred, qui avait l'initiative dans cette sorte sorte d'enquête, dit à la somnambule :

« Êtes-vous toujours disposée, madame, à répondre avec vérité et précision sur les agissements de Karl ? »

Comme elle se taisait, le lieutenant du shérif ajouta rudement :

« Et souvenez-vous, ma chère, que si vous ne répondez pas d'une manière satisfaisante, dans une heure d'ici vous allez partir par le train avec... l'autre. »

Cette menace réveilla les alarmes de Mme Jellous.

« Oui, oui, répliqua-t-elle en se redressant tout à coup et avec un accent déterminé ; on n'a qu'à me poser des questions, je ne veux plus rien cacher. »

Un grand bruit s'éleva dans la chambre voisine, d'où l'on entendait sans doute ce qui se passait dans celle-ci ; une voix rauque et irritée s'écria :

« Je vous le défends !... Misérable créature, si vous trahissez mes secrets, je vous étranglerai de mes propres mains, je vous tuerai, je... »

Le lieutenant du shérif frappa à la cloison.

« Policemen de garde, cria-t-il avec autorité, faites taire ce coquin... S'il ne se tait pas, mettez-lui un bâillon ! »

On entendit encore quelques exclamations furieuses, puis le bruit d'une lutte, enfin le calme se rétablit.

« Hum ! dit le docteur en se tournant à demi vers son frère, le puissant médium ne paraît pas très rassuré sur ce que l'on peut raconter de lui !

— Quel homme affreux! » murmura Néridah en se pressant contre son père.

En entendant les menaces de son complice, Mme Jellous avait pâli affreusement. Elle cacha son visage dans ses mains et fit entendre quelques sanglots étouffés. Mais bientôt elle releva la tête, et, convaincue sans doute de plus en plus que des aveux complets pouvaient seuls la sauver, elle fit signe à Alfred qu'elle attendait ses ordres.

Alfred, après avoir invité du geste les assistants à garder le silence, dit à voix haute :

« Il importe d'abord, madame, que nous sachions à quoi nous en tenir sur certains évènements auxquels vous avez pris une part personnelle... Et, pour commencer, comment cette montre précieuse, que mon oncle John avait perdue dans une gare de chemin de fer, est-elle revenue entre ses mains ?

— Elle avait été dérobée par Karl, qui est un prestidigitateur des plus adroits, répliqua Mme Jellous sans hésiter ; mais il semble avoir voulu se servir de ce bijou pour entrer en rapport avec le nabab plutôt que pour en tirer directement bénéfice. Il inspira à M. Hartley l'idée de me consulter et me prévint, par un télégramme, de la visite que j'allais recevoir. Aussi, lorsque M. Hartley se présenta chez moi, me fut-il possible, à la suite de quelques tours de physique et de fantasmagorie, habituels dans notre état, de l'appeler par son nom et de lui faire croire que nos Esprits familiers m'avaient révélé le but de sa visite. Je le remis au lendemain pour lui donner une réponse définitive. Le soir, Karl accourut chez moi, comme il me l'avait annoncé dans son message. Je lui racontai avec les plus grands détails tout ce qui s'était passé, et il me prescrivit ce que j'avais désormais à dire et à faire ; ce fut lui qui se chargea d'aller cacher la montre dans un tronc d'arbre, où, sur mes indications, M. John se rendit le lendemain en toute hâte. Il n'eut pas de peine, grâce aux indications que je lui donnai dans mon prétendu sommeil somnambulique, à découvrir l'objet auquel il attachait tant de prix. »

On se tourna vers John pour savoir ce qu'il pensait de ces explications si claires et si franches. Il s'agita d'un air de malaise :

« Enfin Karl n'était pas un voleur, murmura-t-il ; il désirait seulement... »

Alfred fronça le sourcil d'un air de mécontentement en entendant cette exclamation échappée au nabab.

« Ce ne serait pas une excuse, s'écria-t-il, mais

une circonstance aggravante, car le pire de tous
les voleurs est celui qui veut vous dérober
votre raison, votre bonheur, votre repos.... Mais
continuons. »

Et s'adressant à Mme Jellous :

« Je passe sur certains faits de moindre
importance dans lesquels vous avez été pour
Karl une coopératrice zélée ; mais vous ne niez
plus, n'est-ce pas, que tout récemment, dans
l'apparition du parc, vous ayez joué le rôle de
la reine Édith ?

— J'essayerais en vain de le nier, puisque vous
étiez présent et que vos rires inattendus m'ont
cruellement déconcertée... Du reste, on a dû trouver dans mes effets, au château, le costume
dont je me suis servie pour jouer le rôle de cette
reine d'autrefois.

— Oui, et en dehors de vos aveux, ce serait là
une preuve décisive pour vos juges... Dans quel
but votre associé Karl multipliait-il ainsi les
prestiges, les escamotages et les mascarades
autour de mon oncle ?

— Il ne me disait pas tout, et il se défiait de
ce qu'il appelait ma pusillanimité ; mais les faits
parlent assez d'eux-mêmes. Il voulait impres-
sionner vivement M. John Hartley, le circon-
venir, le détacher de sa fille unique, afin de

s'emparer de l'immense fortune du nabab.. »

Encore une fois, tous les yeux se fixèrent sur John, qui ne put s'empêcher de tressaillir.

« Vous l'entendez, mon oncle? reprit Alfred, et vous voyez que je ne m'exagérais pas vos dangers.

— Les monstres! murmura Néridah; me séparer de mon père! »

En disant ces mots, elle se rapprocha du nabab, et par un geste charmant elle s'empara de sa main, que John lui laissa prendre.

« Maintenant, reprit Alfred, il est facile de comprendre les moyens que ce misérable Karl a employés pour atteindre son but. Sachant la tendresse, la vénération profonde de mon oncle pour sa femme défunte, il a exploité ce sentiment si sacré et si pur, il a promis de « matérialiser » Suzanne, c'est-à-dire de la faire apparaître en chair et en os, telle qu'elle était durant sa vie. J'ignore jusqu'où il serait allé pour avoir l'air de réaliser cette œuvre, contraire aux lois éternelles de la nature, à la volonté de Dieu; mais il soutenait sa folle prétention par des jongleries dont quelques-unes sont d'une adresse vraiment extraordinaire. Il montrait à mon oncle des écrits qui semblaient tracés par la main de Suzanne; il évoquait pendant un voyage

l'image charmante de la sainte femme qui re-
pose là-bas dans l'Inde, à l'autre extrémité du
monde...

— C'est vrai, c'est vrai ! interrompit John hors
de lui; j'ai reconnu l'écriture de Suzanne, j'ai
reconnu ses traits chéris et aussi son joli costume hindou, quand elle s'est manifestée à moi
sur les talus et au milieu des arbres du chemin
de fer.... Voilà ce que j'ai vu, de mes yeux vu,
personne ici n'osera dire le contraire.

— Vous avez dû être abusé, répliqua encore
Alfred, par quelque tour de fantasmagorie adroitement exécuté. Cependant je ne vois pas bien, je
l'avoue, par quel procédé...

— Je le sais peut-être, moi, dit Davy, qui
jusque-là s'était tenu à l'écart et qui s'approcha timidement.

— Vous, Davy! s'écria Alfred; vous m'avez
avoué, en effet, que vous vous étiez laissé endoctriner par cet intrigant et que, sans le vouloir,
vous lui aviez facilité les moyens... Allons! parlez avec hardiesse; vous aussi vous étiez un
croyant du spiritisme et mon oncle ne pourra
être qu'indulgent pour vous, si vous confessez
honnêtement vos torts. A la vérité ils ne proviennent que d'une aberration de votre esprit,
d'une erreur de votre jugement, et non d'un

calcul d'intérêt personnel... Vous n'êtes donc pas
tout à fait sans excuse.

— Eh bien, monsieur, reprit Davy les yeux
baissés, je conviendrai que j'avais une grande
admiration pour M. Karl, dont on disait tant
de merveilles à Londres, et qui me tourna complètement la tête, comme à tant d'autres. Ce fut
moi qui lui contai ce qui s'était passé aux Nilgheries à propos de mistress Hartley, de miss Néridah, et je lui répétai tous les bruits qui avaient
couru là-bas dans l'Inde. Mais je ne les lui contai
que comme un exemple de la méchanceté de certaines gens et sans lui cacher la colère que j'é-
prouvais en songeant qu'on avait pu les répandre.
Il me chargea de plusieurs commissions, dont
je m'acquittai exactement, sans bien comprendre
ce que je faisais. Entre autres choses, il voulut
avoir de l'écriture et une photographie de mistress Suzanne et, comme je connaissais, dans la
chambre de mon maître, le meuble où il con-
servait les souvenirs de sa défunte femme...

— Misérable ! s'écria John avec colère, tu as
osé...

— Oh ! rien n'a été soustrait, monsieur, répliqua Davy avec empressement; j'osai bien ouvrir une cassette, dont la clef était à la serrure ;
mais je me bornai à prendre une photographie

de mistress Suzanne, pendant qu'elle était aux Nilgheries, et aussi quelques lettres sans intérêt, signées d'elle, et je remis le tout à M. Karl.... Lettres et portraits ont été replacés dans la cassette, où sans doute ils sont encore, et M. Karl ne les a gardés que pendant quelques heures.

— Et ces quelques heures, reprit Alfred, lui auront suffi pour copier le portrait, et pour étudier l'écriture de Suzanne afin de l'imiter, au besoin, dans ses caractères essentiels. Aucun des écrits attribués à ma pauvre tante n'a été conservé, grâce à la prudence de Karl; mais, soit qu'ils aient été tracés sur une ardoise, soit qu'ils aient été faits sur papier avec une de ces encres sympathiques si connues en chimie, et qui, invisibles d'abord, redeviennent visibles au moyen d'un réactif spécial, ils ne peuvent être que l'œuvre de ce coquin.

— M. Alfred Hartley a raison, dit Mme Jellous qui, suivant sa promesse, abandonnait son complice d'une manière absolue; il est, en effet, à ma connaissance que Karl, après s'être exercé à imiter l'écriture de la défunte mistress Hartley, a écrit lui-même les avis d'outre-tombe qui ont produit tant d'impression sur M. John.... Quant au portrait, il en avait fait plusieurs reproductions, dont il voulait se servir afin de montrer

au nabab[1] une *photographie spirite* de Suzanne.

— Le temps lui aura manqué sans doute, dit
Alfred en souriant, pour exécuter ce nouvea
tour. Du reste, il est douteux qu'après le procès
retentissant auquel a donné lieu, en France,
cette *photographie spirite*, quelqu'un puisse encore être dupe d'une semblable fourberie.... Mais
j'y songe, mon oncle, poursuivit-il en se tournant vers John, cette image lumineuse que vous
voyiez flotter sur les talus et les buissons du
chemin de fer, n'était-elle pas la reproduction
exacte du portrait de Suzanne aux Nilgheries?

— C'est vrai, balbutia le nabab.

— Alors plus de doute : Karl aura transporté
sur verre une de ces photographies et, au moyen
d'un appareil d'optique....

— Tu donnes tes suppositions pour des réa-
lités, répliqua John avec humeur; comment
Karl aurait-il eu un appareil d'optique dans le
wagon?

— On ne peut expliquer cette illusion autrement; mais j'avoue que je ne vois pas bien de
quelle manière....

1. Voyez la note à la fin du volume.

— Je sais.... moi ! » s'écria le petit Samuel en s'avançant au milieu du cercle.

Une exclamation de surprise s'échappa de toutes les bouches.

« Prends garde, cher enfant, dit Mme Swift avec inquiétude; il s'agit de choses graves et tu n'es peut-être pas en état de comprendre.... »

Samuel sourit avec finesse.

« Lanterne.... lanterne, dit-il précipitamment‘ attendez ! »

Et il sortit en courant.

On ne savait que penser de cette intervention singulière.

« Ah ! j'y suis ! dit Mme Swift frappée d'un souvenir; Samuel veut parler sans doute d'une petite lanterne, de forme bizarre, que nous trouvâmes dans la chambre de Karl, après qu'il eut passé ici la nuit avec M. John Hartley. Cette lanterne, qui était tombée derrière un meuble, n'avait pu appartenir qu'à Karl; mais il ignorait sans doute qu'elle se trouvait chez nous, ou peut-être n'a-t-il pas osé la réclamer; toujours est-il qu'elle nous est restée, et Samuel s'en est emparé pour jouer. »

Samuel rentra tout essoufflé, portant une lanterne sourde, de petites dimensions, et que l'on pouvait facilement cacher dans la poche. Elle était munie d'un verre et d'un couvercle métallique, qui s'ouvrait ou se refermait par la simple pression d'un ressort.

« Qu'est ceci? demanda John avec un redoublement d'humeur; veut-on me faire croire que c'est avec un pareil jouet d'enfant qu'a pu s'opérer l'apparition de Suzanne?

— Rien n'est plus vrai pourtant, mon oncle, dit Alfred, qui, avec son coup d'œil exercé, avait deviné tout de suite l'usage de cette espèce de lanterne magique; la petite bougie qui se trouve au fond a pu être allumée instantanément au moyen d'un peu de phosphore ou d'une étincelle électrique.... En pressant le ressort, le couvercle s'ouvrait et laissait passer le rayon lumineux à travers un verre peint.... que vous pouvez voir encore. »

Et il montra, en souriant, une plaque de verre sur laquelle était reproduit, avec un art merveilleux, le portrait photographique de Suzanne, dans des dimensions microscopiques, mais très distinctement.

« Je reconnais cette lanterne, dit Mme Jellous, pour avoir appartenu à Karl. Elle devait être dans le sac de velours qu'il portait en voyage. »

La physionomie de John exprimait la tristesse et la honte.

« Ai-je pu me laisser tromper par une ruse aussi grossière? reprit-il; comment n'ai-je pas remarqué le rayon lumineux qui devait s'échapper de cet appareil?

— Sans doute, mon cher oncle, vous étiez absorbé par l'image elle-même qui se mouvait hors du wagon; et puis, Karl a dû se poster, soit derrière, soit devant vous, afin de vous cacher cette lumière importune.... Mais, parbleu! afin qu'il ne reste aucun doute dans votre esprit, nous allons répéter l'expérience. »

Alfred alluma prestement la bougie de la lanterne, disposa le verre peint; ensuite il pressa le ressort, et une image brillante jaillit, se grossit et alla se refléter sur la muraille obscure de la chambre. C'était bien Suzanne, c'était le gracieux fantôme que John avait vu pendant le voyage.

Le jeune Hartley ne crut pas nécessaire d'ajouter un mot à cette démonstration si convaincante. Aussi bien le nabab se cachait le visage comme s'il eût été le coupable. Le docteur Henry ne put s'empêcher de lui dire d'un ton austère :

« Voilà donc, mon frère, par quels enfantillages on était parvenu à te détacher de ta fille unique Néridah et de toute ta famille!

— Ne m'accable pas, Henry, répliqua John ; j'étais réellement fou.... Cependant ai-je été toujours aussi fou que tu le penses ? »

Il se tut un moment. Tout à coup il releva la tête, et s'écria d'une voix sèche et dure :

« Mais la main !... cette main froide que j'ai sentie sur la mienne pendant une évocation de Karl, ce n'est pas avec la physique et la mécanique qu'on a pu produire ce prodigieux effet ?... Oui, expliquez-moi comment j'ai pu toucher la main de Suzanne... Je vous en défie ! ah ! »

Et il regardait les assistants avec assurance.

Alfred se tourna vers Mme Jellous.

« Vous l'entendez? dit-il ; voici l'heure de tenir votre parole.

— Je la tiendrai, répliqua la somnambule. Ce tour, en effet, est le plus étonnant de tous ceux que Karl peut opérer, et je crois qu'il en est l'inventeur. »

Une exclamation sourde et menaçante s'éleva encore de la pièce voisine. Mme Jellous s'interrompit et sembla retomber dans ses anciennes terreurs. Le lieutenant du shérif, qui écoutait avec un vif intérêt cette espèce d'interrogatoire, alla de nouveau frapper à la cloison.

« Que l'on se taise ! commanda-t-il ; policemen de garde, exécutez votre consigne. »

Tout redevint silencieux dans l'autre chambre.

Mme Jellous, inquiète, ne songeait pas à reprendre la parole. Alfred lui dit d'un ton encourageant :

« Karl ou plutôt Fehrenbach, qui nous entend sans doute, paraît tenir à ce secret beaucoup plus qu'aux autres ; mais vous n'avez pas à vous inquiéter de son mécontentement et de sa colère... Songez que, si vous ne donnez pas d'éclaircissement sur ce point capital, tous vos aveux jusqu'ici ne vous serviront à rien !

— Je parlerai, répliqua Mme Jellous plus bas mais avec résolution, et pourvu qu'on veille bien sur cet homme redoutable... Eh bien, poursuivit-elle, quand ce tour a été exécuté, M. John était assis, dans une demi-obscurité, en face de Fehrenbach dont les deux mains restaient parfaitement visibles. Tout à coup M. John a senti une main froide qui se posait sur la sienne par-dessous la table... Eh bien, ce qu'il a senti ce n'était pas une main, mais un pied, un pied nu... le pied de Karl !

— Un pied nu ! s'écria John ; c'est impossible.

— Je ne dis que la vérité... Karl possède une

espèce de chaussure qui s'ouvre sur le côté et qu'il peut ôter ou mettre instantanément avec une facilité inconcevable. Si l'on visite ses effets, on y trouvera sans aucun doute plusieurs chaussures de ce genre. Le soir dont il s'agit, Karl, après avoir vivement surexcité l'imagination de M. Hartley par des cérémonies bizarres et par un verbiage mystique, s'est débarrassé sous la table de sa chaussure, avec la dextérité que lui donne l'habitude, et il a posé son pied nu sur la main du nabab. La température des extrémités inférieures du corps étant sensiblement moins élevée que celle de la main, M. John a dû éprouver l'impression d'une main, froide comme celle que l'on suppose sortir de la tombe... Cette impression a été trop forte pour lui, car il est tombé dans un profond évanouissement. Quant à Fehrenbach, une seconde plus tard, sa chaussure était revenue sans effort à son pied, et il eût nié avec effronterie le tour de passe-passe qu'il venait d'accomplir. »

Un grand silence accueillit cette explication si simple d'un fait qui semblait n'avoir aucune explication raisonnable. John demeurait atterré. Son neveu crut devoir le relever à ses propres yeux.

« J'avoue, dit-il, que ce tour est des plus éton-

nants et, malgré mon habitude des jongleries de
ce genre, je m'y serais peut-être laissé prendre
moi-même...

— Ma foi! et moi aussi, ajouta le docteur
Henry.

— Oui, oui, n'est-ce pas? s'écria le pauvre
John en sortant de son accablement; qui eût pu
soupçonner cette invention infernale?... Je me
souviens à présent que cette main avait une
forme étrange qui me frappa... Mais ma raison
était tellement bouleversée... Ah! mes amis,
poursuivit-il en fondant en larmes, comme vous
devez me mépriser pour ma sotte crédulité! Il
ne reste plus rien des soi-disant miracles qui
m'avaient rendu si absurde et si cruel! Pardonne-moi, ma Néridah chérie... Pardonnez-moi
aussi, Alfred, et toi, mon frère... Puisse ma
chère Suzanne, dont le doux souvenir a été pro-
fané d'une si odieuse manière, me pardonner
de même! »

Il embrassa avec effusion sa fille, son frère et
son neveu. Cette fois, il semblait comprendre le
néant des illusions dont on l'avait leurré si longtemps et, s'il les regrettait peut-être encore, du
moins il n'en était plus la dupe.

« Madame Jellous, s'écria Alfred tout joyeux,
vos explications ont été complètement satisfai-

santes et je vous en remercie, comme je remercie tous ceux qui ont contribué à les rendre plus
décisives. Vous avez tenu votre parole, c'est à moi
de tenir la mienne.... Vous êtes libre.... et l'officier du shérif va me rendre l'ordre d'arrestation.

— Il suffit, monsieur, » répliqua l'officier de
justice en tirant de sa poche un papier qu'il remit à son interlocuteur.

La somnambule s'était levée d'un bond :

« Libre ! répéta-t-elle avec ravissement; libre !
et je vais pouvoir retourner à Londres?... Alors, à
l'instant... à l'instant même !

— Vous irez où il vous plaira, puisque vous
êtes libre, répliqua Alfred en déchirant la pièce ;
mais, à présent que vous vous êtes fidèlement acquittée de votre promesse, je dois vous
dire que vous pouvez compter sur mon assistance, si vous voulez adopter un métier honnête...
Partez sur-le-champ, et dans quelques jours venez me revoir à Londres.

Il lui remit une carte :

« Voici l'adresse de mon père.

— Oh ! je vous jure, répliqua Mme Jellous avec
émotion, que cette leçon me profitera ; et, pourvu
que je ne rencontre plus ce terrible Karl sur mon
chemin... »

En ce moment un tumulte, plus fort que les précédents, s'éleva dans la chambre voisine. Cette fois, c'était des exclamations de colère, de véritables hurlements, des piétinements qui faisaient trembler la maison. Puis il y eut un choc violent, accompagné de vitres cassées, et un corps lourd tomba sur le perron de pierre qui se trouvait devant l'auberge du Cygne.

Néridah, effrayée, avait jeté les bras autour du cou de son père. Tout le monde sortit dans le corridor voisin, qui était commun aux deux chambres.

« Que se passe-t-il? demanda le lieutenant du shérif; qu'est-il arrivé?

— Monsieur, répondit un des policemen qui avaient la garde de Fehrenbach, le prisonnier semblait être devenu tout à fait calme; mais il a trompé notre surveillance, et s'est jeté par la fenêtre...

— Courez alors, car il va s'enfuir...

— Oh! cela n'est pas à craindre... Il a les menotes, et ses jambes sont entravées.

— Ainsi, dit Alfred, le misérable qui attendait sans sourciller le châtiment de ses crimes, aura été pris de désespoir en voyant mises à jour ses fourberies habituelles... Mais sachons ce qu'il est devenu. »

On trouva Fehrenbach étendu sans mouvement sur le perron.

On sortit de la maison avec des flambeaux, et on trouva Fehrenbach étendu sans mouvement sur le perron. Avait-il voulu s'échapper, ou bien, comme le supposait Alfred, avait-il cédé à un transport de désespoir? On l'ignorait. Seulement, comme il ne pouvait s'aider ni des pieds ni des mains, il était tombé lourdement; sa tête avait porté sur une pierre aiguë qui lui avait fracassé le crâne; il était mort sans avoir eu le temps de pousser un cri.

Tandis que le docteur Henry, par un sentiment d'humanité, s'assurait qu'aucun secours médical n'était possible, Alfred entraînait son oncle et Néridah loin de ce cadavre défiguré.

« Ah! disait Mme Swift avec horreur, n'est-ce pas par la volonté de Dieu que cet homme est venu mourir sur le seuil de la maison où il a causé tant de larmes? »

De son côté, Alfred disait à sa cousine :

« Allons! c'est de la besogne de moins pour le bourreau... Chère Néridah, reprenez courage... Morte la bête, mort le venin... A présent, nous sommes sûrs qu'aucune influence ennemie ne nous disputera plus votre pauvre père... qui un jour, ajouta-t-il en baissant la voix, deviendra peut-être le mien! »

Néridah ne répondit pas à cette dernière

phrase, mais, s'il y avait eu au ciel le moindre rayon de lumière, on aurait vu la ravissante enfant devenir rouge comme une cerise mûre.

FIN DU SECOND VOLUME

APPENDICE

———

Un physicien américain étant venu dans l'Inde, je suis possesseur de secrets que ne connaissent pas encore les académiciens d'Europe. — La plupart des grandes découvertes qui ont révolutionné la science dans ces derniers temps, ont été faites en Amérique, sinon par des Américains ; elles y étaient relativement vulgaires avant d'être même connues en Europe, et lorsqu'elles y furent apportées, elles excitèrent une incrédulité universelle.

Il n'est pas étonnant qu'elles aient été connues dans l'Inde avant de l'être en France et en Angleterre. En effet, les rapports scientifiques de Calcutta avec le nouveau continent sont très actifs, grâce aux efforts du gouvernement anglo-indien pour tirer parti des découvertes faites au loin. On ne doit point être étonné de la facilité avec laquelle un pays qui n'a pas de culture scientifique originale, accueille ce qui est inventé aux extrémités du monde.

Rien qu'avec cette photographie sur verre, je prétends amener ce pauvre benêt de John à faire ce que nous voudrons. — Si l'on veut se servir de

photographies sur verre dans des expériences de lanterne magique, il faut prendre soin de ne les colo-
rier qu'avec des matières transparentes ; sans cela on
n'obtiendrait pas les teintes vives qui rappellent
quelquefois la nature.

Il y a longtemps que les lanternes magiques servent aux apparitions. On peut lire à ce sujet de très
intéressants détails dans les mémoires de l'aéro-
naute Robertson, qui introduisit quelques perfectionnements dans la construction d'appareils auxquels
Cagliostro et le comte de Saint-Germain durent
une partie de leurs succès, et qui furent maniés tant
de fois par les obscurs émules de ces célèbres
charlatans.

L'intérieur d'un wagon est, pendant la nuit, un
lieu parfaitement propice à l'évocation des spectres.
Les glaces qui ferment les fenêtres se changent
alors en véritables miroirs réfléchissants, à l'aide
desquels on peut, sans être d'une habileté extraordinaire, produire des effets surprenants. On expliquera plus tard, dans le texte, comment Karl
s'y est pris pour réaliser son plan.

*Quelques-uns disent qu'il a péri par une machine
infernale qu'un scélérat avait placée à fond de cale.*
— Les machines infernales, placées à bord des navires pour en déterminer automatiquement le naufrage, sont malheureusement assez fréquentes pour
qu'on leur ait réservé un nom particulier : on les a
appelées des *rats*.

Le mécanisme du rat se compose de trois parties distinctes : la première est une horloge, qui doit marcher pendant un nombre parfaitement déterminé de jours; la seconde, une cartouche de dynamite destinée à mettre le feu aux matières explosives et incendiaires qui sont renfermées dans la même caisse, et enfin, la troisième, un marteau qui doit retomber pour produire la détonation.

La plus grande des nombreuses difficultés que les constructeurs de ces affreuses machines ont à résoudre, est de s'arranger pour que le mouvement de l'horloge ne s'entende point du dehors. Ce bruit, quoique très faible, a suffi pour faire découvrir plusieurs *rats*, dont les auteurs ont été naturellement livrés aux tribunaux, toujours impitoyables pour de pareils crimes. Réellement aucun forfait ne peut avoir des conséquences plus terribles, puisqu'on a vu plusieurs centaines de passagers engloutis par l'explosion d'un seul *rat*.

Il est arrivé quelquefois que des fabricants de rats ont mal pris leurs précautions, et que, par suite d'une circonstance imprévue, le rat n'a pas produit l'effet attendu. Souvent la caisse est renversée et défoncée par un violent coup de mer, sans que le choc fasse détoner la matière fulminante. D'autres fois, le mouvement d'horlogerie se détraque de lui-même et ne fonctionne plus.

Dans de pareilles circonstances, les douaniers du port d'arrivée constatent le piège infâme et donnent l'éveil à la police, qui n'a pas de peine à découvrir les coupables, et à les arrêter pour les livrer aux tribunaux.

Nous n'en finirions pas s'il nous fallait raconter toutes les histoires auxquelles ces rats avortés ont donné lieu.

Depuis les derniers crimes, la surveillance à l'embarquement est plus active, et la pose des rats, à bord des bâtiments en partance, est devenue beaucoup plus difficile que par le passé.

Mais des gens bien informés supposent que la plupart des vapeurs transatlantiques qui ont disparu corps et biens, ont été naufragés, comme l'a été le *Kirbeck*, par un rat traîtreusement déposé dans la cale avec les autres marchandises.

C'est surtout en Allemagne que se fabriquent les rats ; on ne trouverait nulle part ailleurs des ouvriers habiles ayant l'horrible patience de travailler pendant de longs mois à une machine de carnage et de mort.

Généralement ces misérables, qu'il est fort difficile de découvrir, sont associés avec les scélérats qui vont placer à bord des navires leurs abominables machines.

Un des derniers rats ainsi découverts avait été fabriqué par un horloger de Brême, dont on trouva la trace. Cet homme prétendit qu'il ignorait à quel usage était destinée l'horloge qu'il avait construite. La justice allemande se contenta de cette excuse. Il est vrai que ce rat avait été placé à bord d'un vapeur américain.

C'est dans la ville où l'on a montré tant d'indulgence, que ces odieux engins sont fabriqués pour la plupart.

L'ancien propriétaire, qui affectait de se moquer de la tradition, a été trouvé un beau matin dans sa chambre, le cœur traversé d'un coup de poignard. — Le nombre des maisons que l'on prétend hantées par les Esprits, est plus grand en Angleterre que dans tous les autres pays, à cause du caractère spécial de ses habitants et de la législation qui protège l'inviolabilité du domicile. Une *Haunted-House* a fourni au célèbre Charles Dickens la matière d'un de ses plus jolis romans, basé sur une histoire aussi véridique et aussi authentique que la nôtre. Avant de l'écrire, le grand romancier eut un long entretien avec un original qui, sans motif apparent, s'était condamné à une réclusion perpétuelle dans une maison dont il était le propriétaire. Ce personnage avait des entrevues par une fenêtre avec les visiteurs, qui lui passaient leur carte par une fente ménagée sous la porte. Quelques années après la visite de Dickens, les voisins, s'apercevant qu'il ne répondait plus aux cartes, entrèrent de force dans la maison, malgré la loi qui interdit les visites domiciliaires. On trouva le malheureux mourant de faim. Il était trop tard pour le sauver ; il mourut malgré les soins qui lui furent prodigués.

A Paris même, il y a eu quelquefois des maisons que leurs propriétaires maintenaient à l'état de ruines et sur lesquelles on racontait dans le quartier des histoires sinistres ou bizarres. Nous nous rappelons avoir vu, pendant longtemps, une masure de ce genre qui menaçait ruine dans le bas de la rue de Clichy, environ vers l'emplacement du *Skating*. Mais nous avons oublié la légende que notre bonne Philiberte nous avait racontée, en passant devant ces murs noircis, et qui nous faisaient alors frissonner d'épouvante.

Le médecin dit qu'une forte émotion serait peut-être capable d'opérer ce miracle ; mais je n'espère plus. — L'organe de l'ouïe est, ce que l'on ignore communément, d'une complication véritablement incroyable, et les théories aujourd'hui en vigueur sont loin de chercher à dissimuler cette circonstance, qu'on peut leur reprocher d'exagérer peut-être dans une certaine mesure.

La partie de l'oreille interne dans laquelle se produit le phénomène de l'audition, est un tout petit organe appelé « le limaçon », parce qu'il offre la plus grande ressemblance avec la coquille d'un escargot qui ferait deux tours et demi sur lui-même. Ce limaçon est revêtu, dans toute sa longueur, d'une membrane dont la surface n'a pas un centimètre carré, où un physiologiste italien, nommé Corti, a découvert deux mille petites arcades osseuses microscropiques, excessivement serrées les unes contre les autres.

On admet que ces organes, dont la grandeur varie comme si elle avait été calculée à l'aide d'une formule mathématique, sont accordés avec le soin le plus minutieux, de manière à n'entrer en vibration que pour un son d'une hauteur déterminée. Un physiologiste d'Allemagne, qui s'est donné la tâche de renchérir sur son confrère d'Italie, les compare aux touches d'un piano, infiniment plus compliqué que ceux qui sortent des mains de nos plus habiles facteurs, quoiqu'il soit renfermé dans un espace beaucoup plus petit que celui occupé par une simple touche. Comme les sons perceptibles à l'oreille humaine bien constituée sont répartis sur sept octaves, M. Helmholtz a calculé qu'il y a juste, dans chacune de nos oreilles, 2800 organes de Corti, ce qui fait 400 touches par octave, ou 33 1/2 par demi-ton. Chacune de ces touches ébranlerait mécaniquement un des filets nerveux de l'oreille interne, comme chacune des touches de nos pianos le fait en particulier sur son fil d'archal. Ces chocs mécaniques de la fibre cérébrale constitueraient la sensation par une nouvelle transformation encore plus mystérieuse, mais sur laquelle M. Helmholtz nous laisse sans aucune espèce de lumière. En effet, si nous comprenons que les vibrations des corps sonores se transmettent à l'air et de là à notre oreille, nous ne voyons plus du tout pourquoi elles sortent de notre cerveau pour arriver jusqu'à notre âme.

Le pontife de la science allemande a imaginé une explication que le nabab eût sans doute trouvée émi-

nemment claire, si elle avait été donnée par le grand
Karl, mais que nous nous garderons certainement
d'approfondir.

Toutefois, nous en profiterons pour faire remarquer
combien un instrument aussi complexe que notre
oreille doit être essentiellement fragile. Ne suffit-il
pas du plus petit dérangement pour que des organes
qui doivent agir mécaniquement, soient désorganisés,
quand ils sont si ténus, que l'œil sans le microscope
ignorerait leur présence ?

Toutefois, si l'oreille interne est saine et si l'impression produite par les ondes vibrantes ne peut
se communiquer, parce que la chaîne des osselets
est interrompue ou que la membrane du tympan
est endommagée, il paraît que la surdité n'est point
irrémédiable. Un physiologiste prétend avoir trouvé
le moyen de rendre la perception possible, dans ces
cas désespérés, à l'aide d'un microphone, qui ampli-
fie les vibrations sonores de l'air et les transmet directement à l'os dans lequel l'oreille interne a été
creusée par la main si divinement intelligente de la
nature.

Si, comme dans le cas qui nous occupe, la surdité
est amenée par la paralysie du nerf acoustique, on
comprend que la faculté de percevoir les sons puisse
être restituée. Il suffit, en effet, que cet état para-
lytique cesse pour que le sujet rentre en possession
du sens dont il a été privé. S'il a déjà entendu dans
son jeune âge, il peut récupérer en même temps la
faculté de comprendre les sons articulés; il sera plus

lent à retrouver le pouvoir de les produire. L'histoire rapporte un certain nombre de faits dans lesquels une forte émotion a produit ce miracle. Voir ce que raconte à ce propos le véridique Hérodote.

Il laissa couler sur le papier blanc quelques gouttes du liquide contenu dans le flacon. — Ce tour d'escamotage est produit à l'aide d'un liquide chimique incolore, qui était renfermé dans la fiole que Karl avait apportée à la pointe du jour, et qu'il se hâta de casser comme par mégarde lorsqu'il eut terminé son tour de passe-passe, car il était trop habile pour laisser entre les mains de sa dupe la preuve matérielle d'une fraude si facile à reconnaître.

Le nombre des produits chimiques pouvant produire un semblable effet est positivement immense et les auteurs dédaignent d'ordinaire d'en donner la nomenclature.

On nous pardonnera de suivre leur exemple. Nous prendrons cependant la liberté d'indiquer à nos jeunes lecteurs la plus commune de ces encres sympathiques, le jus d'oignon, qui est parfaitement incolore, et avec lequel on peut écrire à la surface d'un papier très blanc. Les caractères que l'on a tracés sont tout à fait invisibles; mais quand on passe le papier sur une flamme, ils se charbonnent immédiatement. En agissant avec précaution, le papier lui-même ne sera point altéré et l'écriture pourra être lue sans peine.

Nous avons tenu bien des fois entre nos mains un crayon destiné à écrire sur le verso des cartes-poste. Quand on présentait la carte au-dessus d'une lampe, l'écriture se révélait en couleur bleue. Jusqu'à ce moment elle était complètement invisible, lorsque l'on prenait la précaution de ne point appuyer assez fort pour écraser le grain du papier; autrement, en portant la carte au niveau de l'œil, on pouvait discerner avec assez de facilité un trait mat permettant de lire l'écriture.

Ce crayon devait être exploité industriellement; l'affaire n'ayant point réussi, nous ne croyons pas qu'il se trouve actuellement dans le commerce. Il contenait dans sa pâte un sel de cobalt qui se colorait par la chaleur. Mais il n'y a pas que le feu qui agisse sur les sels de ce métal, dont les propriétés sont si curieuses.

Dans ces derniers temps, on a ravivé une ancienne expérience du siècle dernier, qui consiste à employer un autre sel du même métal pour manifester par des changements de couleur, le passage du bleu au rose, l'augmentation de la quantité d'humidité contenue dans l'air.

D'autres sels sont tout à fait blancs quand ils sont secs et se colorent en noir lorsqu'ils s'humidifient. C'est une transformation de cette nature qui excitait à un si haut degré la surprise de John.

Malgré sa crédulité, le nabab aurait pu concevoir quelques doutes si la mise en scène eût été moins savante.

Six mille livres sterling. — La livre sterling vant en réalité 25 francs 22 centimes, et contient 7 grammes 988 d'or fin. Son cours réel varie suivant le taux du change. On la reçoit presque partout sur le continent pour 25 francs, mais en Angleterre la pièce de 20 francs est presque refusée partout et il faut la vendre chez les changeurs. Les Anglais sont excessivement attachés à leur système monétaire, qui est un des plus mauvais du monde, et qui, sous ce point de vue, ne le cède pas à leur système des poids et mesures. On ne peut citer un meilleur exemple de la force que possèdent certains préjugés tout à fait ridicules sur des nations cependant fort intelligentes et marchant sous d'autres rapports à la tête du progrès moderne.

Une tranche de corned beef, mot à mot de BŒUF POIVRÉ. — C'est une sorte de saucisson de bœuf, préparé dans les colonies où la viande est à bon marché, et dont l'usage est très répandu en Angleterre. Il commence à être connu en France. C'est pendant le siège de Paris que cet aliment sain, peu coûteux et commode a été pour la première fois en usage de ce côté du détroit. Il était alors fabriqué d'une façon tout à fait imparfaite. Il a cependant rendu de grands services à la défense, si honorable pour la population.

Il est d'une habileté sans pareille pour se grimer. — Certains escamoteurs savent changer l'expression de leurs traits, aussi bien que la couleur de leurs cheveux et, jusqu'à un certain point, leur taille. Ils développent, dans beaucoup de circonstances, autant de talent que les acteurs habiles lorsqu'ils sont en scène. Les signalements les plus précis ne peuvent servir à reconnaître ces dangereux individus, qui échappent d'ordinaire lorsqu'ils ont commis quelque crime, et dépistent, comme les Jud, les plus habiles limiers de la police, s'ils ne sont point livrés par quelque circonstance providentielle.

Il lui semble entrevoir la silhouette de sa tante qui, tenant dans ses bras Néridah encore toute petite, le regardait en souriant. — Les objets qui nous préoccupent vivement pendant l'état de veille prennent souvent une forme visible pendant le sommeil; plus d'une fois les songes, qui impressionnent assez vivement l'intelligence pour y laisser une trace permanente, offrent un rapport incontestable non seulement avec les évènements antérieurs, mais encore avec ceux qui se produisent ultérieurement. Comme nous l'avons expliqué dans notre livre *Sur les miracles en dehors de l'Église*, il en est des songes comme des pressentiments. On ne prête aucune attention à ceux qui ne sont pas suivis d'effets, mais on note soigneusement les moindres coïncidences, sans se demander si elles ne sont pas le résultat du hasard. L'histoire a même enregistré sérieusement certaines circonstances dont quelques-unes ne sont sans doute qu'exagérées, dont quelques autres sont tout à fait fausses, et dont les avocats du spiritisme s'emparent pour étayer les théories qu'ils exploitent.

Je prétends arriver à la matérialisation de Suzanne, c'est-à-dire que je veux vous la faire apparaître vivante, agissante, tangible. — Dans ces dernières années, des charlatans américains ont eu la prétention d'obtenir des matérialisations imparfaites, mais cependant palpables. Tantôt c'étaient des mains de cire que les Esprits jetaient au milieu des ténèbres épaisses où les croyants attendaient, en tremblant, des manifestations de leur puissance; tantôt les Esprits lançaient d'autres objets dont ces croyants se contentaient faute de mieux, et qui excitaient leur enthousiasme. La suite de cette histoire montrera ce qu'il faut penser de pareils contes.

On ne doit pas oublier que des milliers d'hommes et de femmes, qui se disent intelligents, se repaissent de ces chimères, plus ridicules encore que d'autres dont ils sont les premiers à se moquer.

Nous avons raconté, dans nos *miracles en dehors de l'Église,* comment ces charlatans ont pu être pris en flagrant délit.

La planète Jupiter et la planète Saturne se trouveront ensemble dans la constellation du Lion pendant que Sirius sera au milieu du ciel. — Il y a autant de systèmes astrologiques qu'il y a d'astro-

logues. Par conséquent, l'explication de cet horoscope suivant les prétendus principes de Cardan ne
ressemblerait pas du tout à ce qu'elle serait suivant
la méthode d'Aboulmançour, Albatatenius ou de Ptolémée, dont les astrologues ont fait un de leurs
maîtres. Dans le doute, nous en donnerons la signi-
fication suivant Morinus, que l'on peut appeler le
dernier des astrologues, car il occupa une chaire
au Collège de France, du temps du cardinal de Ri-
chelieu. Il n'était pas dépourvu de mérite ; on lui
doit quelques inventions et plusieurs observations
intéressantes, de sorte que, malgré son esprit re-
muant et querelleur, son orgueil intraitable, son
charlatanisme et sa crédulité, son nom est resté
dans la science, où il est cité non sans quelque honneur.

Jupiter est considéré comme amenant des vents
modérés, une température agréable et saine, et
comme procurant aux navigateurs un voyage heureux ; il règne sur le tact, l'odorat, et gouverne le
système circulatoire. Suivant qu'il agit en bonne ou
en mauvaise part, il produit la justice ou l'injustice,
la véracité ou la dissimulation, la libéralité ou la pro-
digalité, la prospérité ou la ruine.

Saturne est froid et austère, ami des convulsions
atmosphériques, des nuages épais et noirs ; il produit les naufrages. Il règne sur le squelette osseux
et sur les cartilages, augmente ou diminue la mémoire. Suivant qu'il agit en bonne ou en mauvaise
part, il développe la pénétration ou la mélancolie, il

permet d'acquérir de grandes richesses ou il mène
à la potence.

Les horoscopes dans lesquels Saturne intervient
sont donc les plus importants à étudier avec soin.

Dans le cas où ces deux planètes sont en conjonction, les effets de chacune d'elles se trouvent ordinairement modifiés et multipliés par ceux de l'autre,
quand ils ne se trouvent point atténués cependant,
car il y a des cas nombreux où ils se neutralisent.
Il y en a d'autres où l'une des deux planètes agit
seule. Ces détails sont gravement exposés, en termes
imagés et amphigouriques, par les auteurs qui s'occupent de ces sornettes. On voit combien la lati-
tude que l'astrologie laisse à ses adeptes est considérable, de sorte que rien ne les gêne pour
exploiter la crédulité publique.

Si Karl eût songé à tirer l'horoscope de John, il
avait d'autant plus de facilité pour lire dans cette
configuration tout ce qu'il aurait voulu y voir, que ni
Saturne ni Jupiter ne se trouvaient dans la maison
qui leur convient, c'est-à-dire dans le signe du Zodiaque où ces planètes possèdent toute leur puissance. En effet, le Lion, où se trouvaient à la fois les
deux astres, est la maison du soleil, tandis que les
deux maisons de Jupiter sont le Sagittaire et les
Poissons, et que les deux maisons de Saturne sont
le Capricorne et le Verseau.

Sirius, ou le Grand Chien, était considéré par les
astrologues comme particulièrement favorable aux
incantations magiques.

Les astrologues disaient qu'un astre était au milieu du ciel quand il passait au méridien. C'était le moment où il exerçait le plus d'influence sur l'horoscope.

Comme Karl n'avait pas manqué de farcir la tête de sa dupe de toute espèce de rêveries, les paroles qu'il prononçait du ton que les adeptes du grand art savent prendre, devaient exercer une grande influence sur la crédule intelligence du nabab.

C'était une très belle étoile filante, de couleur claire et d'un éclat supérieur à celui de la Lyre. — On était à l'époque où l'essaim des étoiles filantes de novembre se montre ordinairement, mais le trapèze du Lion, dans le voisinage duquel ces rapides météores viennent briller d'un éclat si fugitif et si poétique, était encore au-dessous de l'horizon. L'étoile filante, qui frappa l'attention de Karl, n'avait donc aucun rapport avec ce groupe si singulier.

Les deux astres voisins l'un de l'autre qui échangeaient des feux d'une couleur si différente. — C'est dans les conjonctions des astres que l'on s'aperçoit facilement de l'étonnante différence de leurs teintes. Les astronomes qui ont vu Jupiter et Saturne renfermés dans le champ de la même lunette, peuvent seuls se faire une idée exacte de la beauté de ce contraste, qui ne peut tenir qu'à une différence notable dans la nature de la surface réfléchissante, puisque ces deux corps célestes sont illuminés l'un et l'autre par les rayons du même soleil.

Les conjonctions de ces deux planètes se reproduisent tous les vingt ans, mais le point du ciel où a lieu la rencontre, rétrograde chaque fois d'un tiers du Zodiaque ou de quatre signes. Il en résulte que si une conjonction se produit dans le signe du Bélier, la suivante aura lieu dans le Sagittaire, la suivante dans le Lion, et la quatrième, soixante ans plus tard, reviendra dans le Bélier. Trois fois de suite les conjonctions se succèderont dans le même ordre, mais, au lieu d'avoir lieu dans le Bélier, la dixième conjonction aura lieu dans le Taureau, et les deux conjonctions suivantes se passeront dans les signes du Taureau, du Capricorne et de la Vierge, dont chacun sera successivement visité trois fois.

L'espace de temps nécessaire à ces dix rencontres est de deux cents ans. Les astrologues considéraient cette période comme une saison de la grande année de la nature, à laquelle ils donnaient 800 ans, et au bout de laquelle tous les empires étaient renouvelés. Karl n'ignorait pas cette circonstance, et il s'en servait, non sans habileté, pour abuser la simplicité du nabab.

La face des Pyramides a été placée de manière à réfléchir leur lumière perpendiculairement. — Il n'est pas inopportun de rappeler que la construction des Pyramides porte les traces ineffaçables de combinaisons très profondes, et d'une science

astronomique très développée. Il est probable que
les prêtres égyptiens ont essayé de perpétuer de la
sorte le souvenir de leurs idées sur la construction
de l'univers. Leurs monuments ont persisté jusqu'à
nous, et verront peut-être tomber en ruines ceux
dont nous sommes le plus fiers. Mais, la mémoire du
sens de leurs symboles ayant péri, leur précaution
est devenue superflue. Cet exemple mémorable
prouve combien l'orgueil humain a tort de se raidir
contre les grandes lois providentielles, qui, édictées
dans un sens évidemment bienfaisant, dirigent la
merveilleuse machine du monde.

*Cette espèce de fantôme répandait une lueur
phosphorescente qui permettait de distinguer son
visage et ses contours.* — Cette lueur provenait des
vêtements du fantôme; ils avaient été soigneusement
recouverts d'un vernis imprégné de quelques-uns des
sels phosphorescents dont nous avons donné la nomenclature dans l'appendice du premier volume.
Comme la nuit était tout à fait noire, cette lueur
produisait un effet extraordinaire. En outre, John
était si peu familiarisé avec ces phénomènes, qu'il
suffisait de la plus faible trace de lumière pour le
frapper.

*Edith, fille de Godwin, réponds-moi, au nom d'A-
boul-Mansour et d'Aboul-Wefa.* — Nous avons déjà
indiqué ce qu'était Aboul-Mansour; il nous reste à

dire deux mots d'Aboul-Wefa, originaire de Bouzdjan, petite ville située dans le voisinage de Bokhara, en Tartarie. On doit à Aboul-Wefa un Almageste semblable à celui de Ptolémée, mais qui ne paraît pas en avoir été la simple traduction. C'est dans cet ouvrage, remontant à la fin du dixième siècle de notre ère, que l'on emploie pour la première fois les tangentes dans le calcul géométrique.

On peut dire que tous les astronomes arabes de cette époque étaient des astrologues zélés. L'islamisme faisant bon marché de la liberté humaine, il était assez naturel de rapporter aux astres les influences extérieures qui l'enchaînaient. Les adeptes de l'astronomie judiciaire n'auraient admis aucun des arguments que les philosophes du dix-septième siècle invoquèrent pour triompher des derniers disciples de la science arabe.

Nous saisirons cette occasion pour rappeler qu'il ne faut pas confondre la reine que Karl fait apparaître avec Edith au cou de Cygne, princesse également malheureuse, qui perdit son mari à la bataille d'Hastings, et qui vint chercher son cadavre sur le champ de bataille où avait péri à jamais l'indépendance des Saxons.

Nous ajouterons que le crime du beau-père d'Édouard le Confesseur était de la nature de ceux qu'une âme droite et intègre ne saurait jamais oublier. Il avait attiré en Angleterre le frère aîné d'Édouard, sous prétexte d'appuyer ses revendications au trône. Mais ce fut pour le livrer à son rival,

qui lui fit arracher les yeux, traitement barbare auquel le jeune prince succomba.

*Il n'y a pas de lune au ciel, c'est une circonstance
qui rend les mauvais génies singulièrement audacieux.* — L'influence de la lune sur la fréquence des
apparitions était attribuée par les astrologues à une
action spécifique, exercée par notre satellite sur les
habitants du monde d'outre-tombe. Sans croire aux
spectres ni aux apparitions, un grand nombre de médecins ont soutenu que la lune agit directement sur
le système nerveux, et qu'en général les nuits de la
lune nouvelle sont moins calmes pour les aliénés
que celles de la pleine lune.

Nous nous donnerons bien garde de nous en-
gager dans une pareille discussion. Mais il nous
sera permis de faire remarquer que deux raisons con-
courent à rendre ces prétendues apparitions plus fréquentes pendant la lune nouvelle que pendant la
pleine lune. La première, c'est que l'absence complète de lumière agit défavorablement sur l'orga-
nisme et le rend plus apte à recevoir des impressions de terreur instinctive. La seconde, c'est que
des fraudes grossières, qui ne pourraient être ten-
tées quand la moindre clarté descend de la lune sur
la terre, ont alors beaucoup plus de chance pour
réussir.

*Un de ces lutins maudits pourrait vous jouer
quelque mauvais tour qui mettrait en péril votre*

propre vie. — Une croyance très répandue parmi les personnes qui ajoutent foi à toutes ces apparitions chimériques, c'est que les Esprits peuvent nuire aux vivants.

Cette opinion singulière fut exploitée à différentes reprises par les gens qui, pour une raison quelconque, cherchaient à produire certains effets. C'est ainsi que, peu de temps avant le coup d'État du 2 décembre, on prétendit que des Esprits jetaient des pierres aux personnes qui habitaient une maison de la rue des Grès.

On citerait bien d'autres exemples de cette crédulité bizarre, s'il était besoin de montrer davantage que Karl ne faisait que suivre une tactique usitée en pareil cas.

Lampe, tu brilles trop, diminue ton éclat. — Les changements de lumière produits à distance, par le seul intermédiaire de la voix agissant sur l'intensité d'une lumière, excitent toujours la surprise des ignorants.

Il y a un grand nombre de manières de produire ces effets. Un des plus simples est d'alimenter la lampe par un jet de gaz carburé et de tourner un robinet qui arrête à volonté l'alimentation. Il faut s'arranger pour qu'il reste toujours un petit filet servant à rallumer la lampe, quand on veut rendre à la flamme tout son éclat.

Si John avait regardé de près la lampe, il se serait aperçu de la fraude. Mais, en matière de spi-

ritisme, un malade qui commence à regarder de près
les choses est plus d'à moitié guéri, et John n'en
était point là.

*On voyait de légers serpents de feu voltiger en
l'air.* — John croyait voir ces flammes voltiger dans
l'air, mais en réalité elles rampaient le long des boi-
series dorées. Elles étaient produites par des dé-
charges analogues à celles des carreaux étincelants,
et qu'il est très facile de produire avec la bobine
Ruhmkorff, instrument tellement populaire que,
quoiqu'il fût loin d'être un électricien consommé,
John aurait dû en connaître les effets.

Alors Karl traça un cercle de craie sur le tapis. —
Cette représentation somnambulesque a été imaginée
par le trop célèbre baron du Potet, qui la décrit longuement dans son ouvrage sur les lois fondamen-
tales du spiritisme. Il traçait quelquefois sur le
tapis deux ou trois cercles, voisins les uns des autres, et dans chacun desquels il plaçait une somnambule.

Ce père du spiritisme contemporain prétendait
que chacune des somnambules, ainsi renfermées
au centre de sa ligne magique, se croyait empri-
sonnée dans une tour aux murailles infranchissables.
Il donnait pour preuve de la réalité de ses assertions,
et il ne pouvait apporter d'autre argument plus sérieux, les contorsions auxquelles ces femmes se
livraient. Il prétendait que ces simagrées étaient

involontaires, et bien entendu ses comparses ne le contredisaient pas ; elles déclaraient tout d'une voix qu'elles ignoraient ce qui s'était passé.

Je ne suis point un de ces spirites vulgaires qui s'aplatissent devant la cour. — Presque tous les spirites, dès qu'ils tombent entre les mains de la justice, affectent le repentir et cherchent à plaider les circonstances atténuantes. Mais, une fois libérés de la peine à laquelle ils ont été condamnés, ils prennent l'attitude de véritables martyrs, et ils accusent ouvertement leurs juges d'avoir prévariqué. Un des plus effrontés fut le photographe spirite dont nous avons raconté l'histoire dans le premier volume de *Néridah*. Une fois réfugié à Bruxelles, ce charlatan rédigea une brochure dans laquelle il traînait aux gémonies les juges devant lesquels il avait fait si piteuse figure. Il s'accusait d'avoir éprouvé lui-même un moment de défaillance et revenait avec audace sur ses premiers aveux.

Un autre exemple des plus curieux est celui du spirite à l'ardoise qui, comme nous l'avons également raconté, fut saisi par le docteur Lankester au moment où il s'apprêtait à glisser sournoisement sous la table le feuillet de pierre noire sur lequel il avait inscrit d'avance les prétendues révélations des Esprits. Ayant échappé à la prison, grâce à un de ces innombrables vices de forme dont les filous habiles profitent si souvent de l'autre côté du détroit, il se rendit à Berlin, où, pour ses débuts, il se mit à duper les académiciens qui avaient assez peu de philosophie pour prêter attention aux sottises qu'il débitait.

Vous avez sans doute oublié de fumer votre opium, ce que je vous ai dit de faire chaque soir. — Nous avons vu, dans le premier volume, qu'Alfred avait expressément recommandé à Néridah de détourner à tout prix son père de la détestable habitude de fumer de l'opium. Un des premiers soins de Karl, au contraire, avait été d'imposer à sa victime l'obligation quotidienne de cette pratique détestable.

C'était un moyen dont le succès n'était que trop sûr, car l'effet inévitable de cette drogue désorganisatrice est d'éteindre toute initiative, toute volonté, toute résistance chez celui qui la consomme. John était devenu tellement docile, qu'il s'accusait lui-même, comme d'un manquement grave, de ne point avoir fumé la ration qui lui était assignée.

Du reste, on arrive facilement à prendre la redoutable habitude de l'opium, et l'on éprouve une souffrance réelle quand on s'est abstenu par hasard.

On peut dire la même chose de toutes les substances dont le génie inventif des hommes a découvert les propriétés excitantes. A des degrés moindres on doit l'appliquer à l'usage de l'alcool, du tabac, du café, et à bien d'autres habitudes encore plus singulières, telle que celle d'avaler de l'arsenic, si commune chez les Tyroliens.

Un travail des plus curieux serait de réunir la collection complète de toutes les préparations ou de toutes les matières susceptibles de devenir les ennemies du cerveau humain, et que des imitateurs de Karl pourraient trop facilement exploiter.

Combien ne serait-on pas étonné d'y voir figurer, entre autres choses, l'extrait d'aconit ou la fumée des champignons, dont se régalent les guerriers tartares dans les steppes de la Haute Asie?

Vous pourrez demander à Smith de voir ses belles plantations de rosiers. — Maître Karl, qui combinait soigneusement ses moindres tours, s'était arrangé pour que John ne portât jamais ses pas vers la serre où ces roses délicates étaient cultivées.

Une odeur suave de roses fraîchement cueillies se répandit dans toute la salle. — Un chimiste américain trouva un moyen fort ingénieux de prendre en flagrant délit d'imposture un spirite qui l'avait fait assister à une prétendue matérialisation. Il avait arrosé avec un peu de dissolution de sulfate de fer les fleurs d'un rosier où il pensait avec raison que les Esprits viendraient s'approvisionner. Quand on lui présenta les bouquets que le spirite avait apportés en secret dans la salle, il les toucha avec un peu de dissolution de noix de galle qu'il portait dans sa poche, et montra que les fleurs spirites se coloraient en noir d'encre, comme il avait pris la précaution de l'annoncer à l'avance. [Si Alfred eût agi de même, le pauvre John eut été certainement trop faible d'esprit pour en pouvoir comprendre toute la portée. Il faut que les démonstrations, pour ne pas être inutiles, soient proportionnées à l'intelligence des personnes à qui elles sont destinées.

Je désire vous donner à mon tour des preuves certaines de mon pouvoir. — Alfred emploie ici un raisonnement familier à tous les spirites, mais qui ne prouve absolument rien. En voyant son neveu produire des effets extraordinaires, l'oncle John aurait dû se borner à reconnaître qu'Alfred avait des connaissances plus étendues que les siennes, et qu'il savait mettre en jeu des phénomènes qu'il lui était impossible d'apprécier. Mais la reconnaissance d'une supériorité quelconque ne peut jamais conduire à admettre la possibilité de commander aux esprits.

Toutefois, à une époque où l'invention du phonographe était encore inconnue en Europe, et où les savants les plus réellement compétents auraient nié la possibilité de réaliser un pareil progrès, Alfred ne pouvait choisir un moyen plus puissant pour donner un autre cours aux idées superstitieuses de son oncle.

Il est rare que les gens dévoués et intelligents qui tentent d'arracher une victime aux intrigues des spirites, aient à leur disposition une arme aussi puissante. Cependant ce n'est point sans grande peine qu'Alfred réussit dans son entreprise.

Malgré l'intervention du phonographe, la suite de cette histoire nous montrera combien les ravages produits dans l'esprit de John par les intrigues de Karl étaient difficiles à effacer. Les annales du spiritisme offrent un grand nombre d'exemples de cette tenacité incroyable. Nous en avons cité plusieurs dans l'ouvrage sur les *miracles en dehors de l'Église*, auquel nous nous bornons à renvoyer encore une fois le lecteur.

Bon, répliqua Karl avec mépris, M. Alfred Hartley est ventriloque. — Il n'est pas inopportun de faire remarquer que Karl emploie précisément contre Alfred le raisonnement des personnes qui niaient la possibilité de l'invention du phonographe. L'on n'a point en effet oublié que l'accusation de *ventriloquisme* fut formulée contre l'admirable invention d'Edison, non pas seulement par des ignorants, au moment où son instrument paraissait pour la première fois, mais après qu'il eut supporté d'une façon triomphante les épreuves d'une exhibition publique pendant une période prolongée. Cette accusation fut même lancée en pleine Académie.

Nous devons ajouter qu'Alfred connaissait des perfectionnements, qui n'ont point encore été rendus publics et qui donnaient à la reproduction de la voix une netteté qu'elle n'a pas d'ordinaire. En effet, il est excessivement rare qu'un phonographe soit assez bien construit pour que l'on puisse comprendre ce qu'il dit, quand on n'a point entendu préalablement la personne qui, en parlant dans le cornet, a imprimé les paroles sur le papier d'étain.

Il est sans doute inutile d'ajouter que la voix qu'Alfred attribuait à Suzanne appartenait en réalité à Néridah. La ressemblance entre l'organe de la mère et celui de la fille était grande, et il aurait fallu avoir beaucoup plus de sang-froid que John n'en avait pour faire la distinction.

FIN DE L'APPENDICE

TABLE DES MATIÈRES

DU SECOND VOLUME

FIN DE LA TABLE

Paris. — Typographie A. Lahure, rue de Fleurus, 9.

24 520. — Typographie A. Lahure, rue de Fleurus, 9, à Paris.

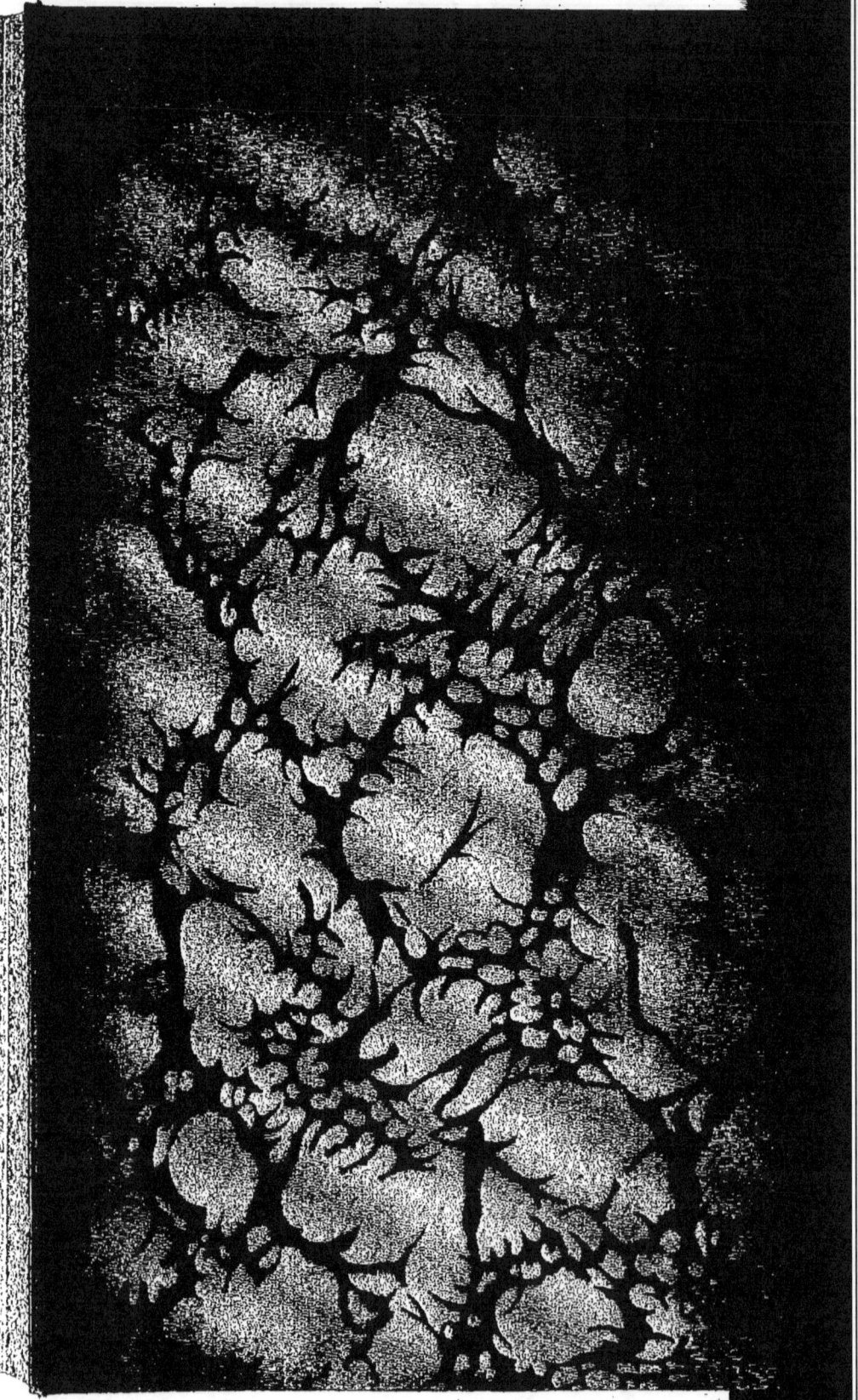

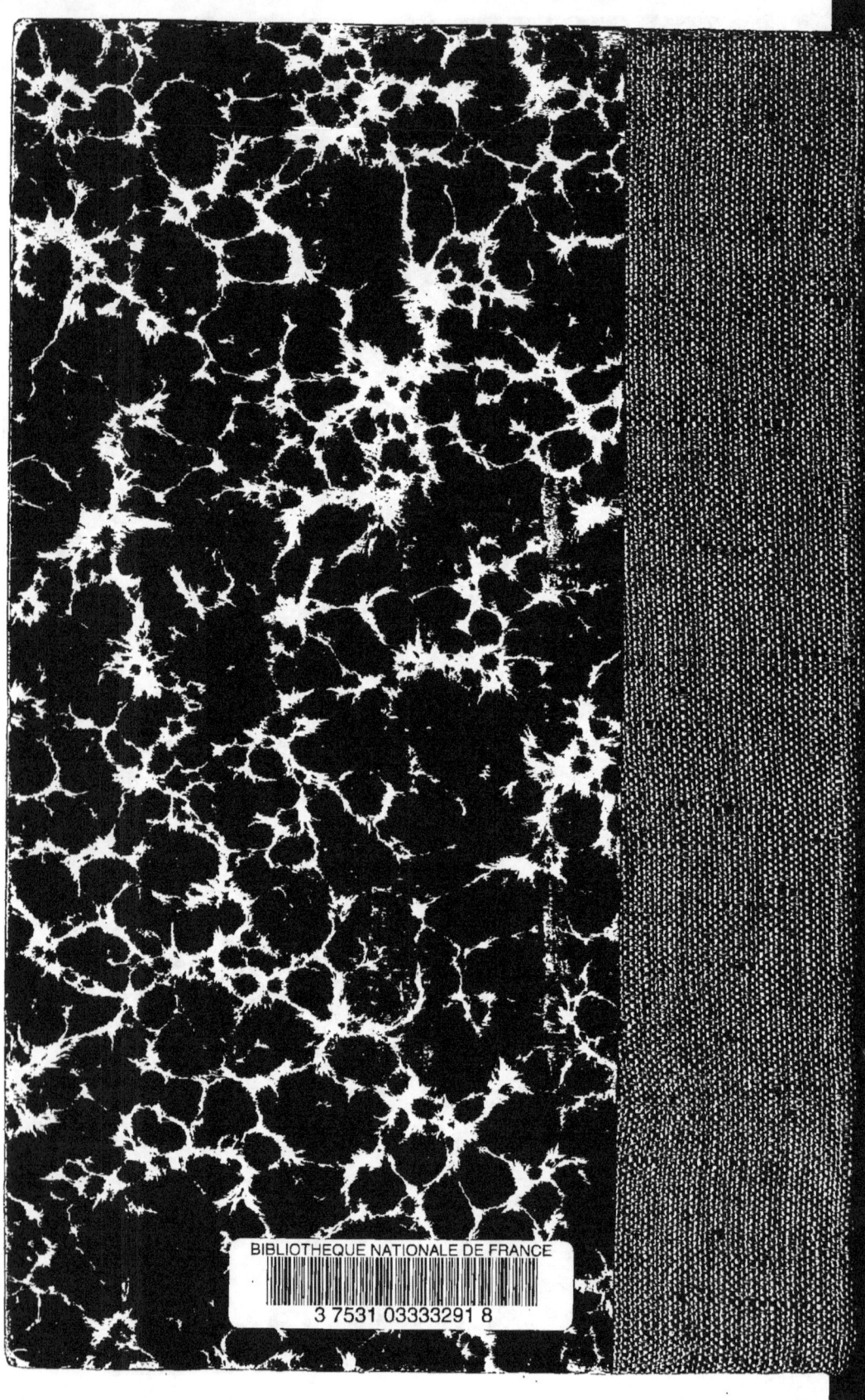